Olaf Manke
Juffer Prinkernell
Eine Sage neu erzählt

AF221524

Olaf Manke
Juffer Prinkernell
Eine Sage neu erzählt
Dritte verbesserte Auflage
ISBN 978 3 755 78523 1

© 2017/2022 Olaf Manke

Herstellung und Verlag
BoD – Books on Demand, Norderstedt

Bibliografische Information der Deutschen Nationalbibliothek:
Die Deutsche Nationalbibliothek verzeichnet diese Publikation in der Deutschen
Nationalbibliografie; detaillierte bibliografische Daten sind im Internet über
http://dnb.dnb.de abrufbar

Diese Schrift
ist ursprünglich entstanden im Jahr der 1000-Jahr-Feier der Stadt Recklinghausen 2017.
Sie arbeitet eine seit 300 Jahren unverändert, unkommentiert und unreflektiert weiter-
erzählte Recklinghäuser Volkssage auf, fragt nach den Hintergründen und erfindet eine
überraschend neue Geschichte auf der Grundlage der gewonnenen Erkenntnisse.
Sie wurde 2018/19 überarbeitet und durch zusätzliche Hintergrundinformationen er-
gänzt und schließlich 2022 nach umfangreichen historischen Forschungen dem aktuellen Kenntnisstand angeglichen.

Olaf Manke
ist in Recklinghausen geboren, studierte Grafikdesign mit illustrativem Schwerpunkt,
bildete sich weiter zum Computergrafiker, Fernsehgrafiker und Cutter, arbeitete ange-
stellt und freiberuflich als Grafiker, Art Director und Creative Director und ist heute
(2022) Grafiker in einem Recklinghäuser IT-Unternehmen.
Seine Freude am Fabulieren und sein Interesse an historischen Themen verband er
schließlich zu dieser Publikation.

Olaf Manke
Juffer Prinkernell
Eine Sage neu erzählt

Dritte verbesserte Auflage

Inhalt

Vorbemerkungen zur dritten Auflage

Nun sind einige Jahre vergangen seit ich die ersten Auflagen dieser Aufarbeitung einer Sage veröffentlich habe. In der Zwischenzeit habe ich viele weitere Erkenntnisse zur Geschichte der Stadt Recklinghausen und zum Weg seiner Bewohner durch das 17. und 18. Jahrhundert gewonnen, die es notwendig werden ließen, die erzählten Geschichten zu überdenken und stellenweise neu zu formulieren, um sie trotz ihrer fiktiven Natur auch im geschichtlichen Kontext glaubhaft erscheinen zu lassen.

Mit meinem Freund, dem Germanisten und Theologen Alfred Stemmler arbeitete ich in den Jahren 2019 bis 2022 die Hintergründe zur realen Impulsgeberin dieser Sage auf und verfasste nach langwierigen Recherchen eine detailliertere Regionalgeschichte des 17. und 18. Jahrhunderts, so dass auch die geschichtlichen Fakten in *diesem* Bändchen dem aktuellen Kenntnisstand angepasst werden mussten.

Besonders interessant für das hier vorliegende Büchlein ist in diesem Zusammenhang ein Beitrag von Theodor Esch, der unter dem Titel *Die Jesuitenmission zu Recklinghausen* in Band 4 der Vestischen Zeitschrift des Jahres 1894 die Vorgänge um die Jesuiten in Recklinghausen illustrierte. Diesen Beitrag habe ich hier ab Seite 82 in voller Länge und im originalen Wortlaut wiedergegeben.

Um aber keine Missverständnisse aufkommen zu lassen sei erwähnt, dass dieses Buch nicht einer geschichtswissenschaftlichen Aufgabenstellung entsprungen ist. Die zusammengetragenen Informationen dienen hier dazu, dem Leser eine Hilfestellung zum Verständnis jener längst vergangenen Zeit zu geben in der die vorliegenden Erzählungen spielen. Zwar stehen sie auf der Grundlage einer wahren Geschichte, dennoch ist vieles Fiktion. Es ist eben „eine Sage neu erzählt". Eine solche Sage kann man allerdings nur verstehen und neu erzählen, wenn man den Nährboden ihres Ursprungs zumindest ansatzweise kennt. Tiefergehende historische Fakten um die reale Hauptdarstellerin dieses Buches kann der interessierte Leser in unserem Buch *„Die Tochter des Hexenjägers - Recklinghausen, die Pinkernell und die Jesuiten - Spurensuche in der Frühen Neuzeit"* nachlesen.

Mein Dank gebührt meinem Freund Anton Winter, der viele Jahre als stellvertretender Leiter und Diplom-Archivar die Bestände des Stadt- und Vestischen Archivs in Recklinghausen betreut und mir immer gern bei der Recherche nach geschichtlichen Informationen geholfen hat. Meinem Freund und Heimatforscher Alfred Stemmler danke ich für die konstruktiven Diskussionsabende bei gutem Wein. Selbstverständlich darf in dieser Danksagung auch meine Freundin Hannelotte Bastert nicht fehlen, der ich für ihr Verständnis danke, wenn die umfangreiche Arbeit an meinen Buchprojekten allzu viel von meiner Freizeit beanspruchte.

Meinen Lesern wünsche ich viel Freude und kurzweilige Stunden bei der Lektüre dieses Buches.

Olaf Manke
Recklinghausen, im Januar 2022

Wer nichts weiß, muss alles glauben.

Marie von Ebner-Eschenbach

Juffer Prinkernell
Die bekannteste Fassung
von Eugen Vetter (1949)[1]

Es wohnte einst eine schöne Jungfer in Recklinghausen. Ihre Eltern hatten ihr einen Kramladen hinterlassen. Obwohl sie schön und auch reich war, wollte sich doch kein Mann finden, der sie genommen hätte. Niemals fand sie Zeit, mit dem jungen Volke zum Tanze zu gehen. Und abends, wenn die Bürger schon hinter den Fenstern schliefen, saß sie noch lange mit ihrer Magd am Spinnrocken. So häufte sich in ihrem Hause der Reichtum, und sie hatte ihre heimliche Freude daran. Die Leute aber wunderten sich, gingen in den Laden und kauften; denn da war alles zu haben. Den Armen gab sie nichts von ihrem Überfluß. Als die Jungfer nun gestorben und in der Kirche vor dem Kreuzaltar begraben war, hörte man, daß sie all ihr Hab und Gut den Jesuiten vermacht habe.

Nicht lange danach sah ein Mann, der Juffer Prinkernell sehr gut gekannt hatte, an einem späten Herbstabend ein furchtbares Gespenst in der Stadt. Ein riesengroßes Weib - wohl sieben Männer hoch - mit schmerzverzerrtem Antlitz schwebte in weißem Gewande daher, in den ringenden Händen Elle und Waage haltend, als wollte sie alle Welt warnen; klagende Laute erfüllten die Luft. Der Mann, der das zuerst gesehen und gehört hatte, eilte entsetzt nach Hause; an dem Abend konnte er mit seiner Frau kein Wort mehr sprechen. Denn ihm war Juffer Prinkernell begegnet, die im Grabe keine Ruhe finden konnte, weil sie im

Leben betrogen hatte. Später ist sie auch noch anderen erschienen, und Furcht und Schrecken hielt die Leute abends von der Straße. Als aber einmal ein frommer Mönch nach Recklinghausen kam, ist es ihm gelungen, den nächtlichen Spuk zu bannen. Seit der Zeit trieb er nun sein Wesen im Emscherbruch, kam aber in jeder Neujahrsnacht wieder nach Recklinghausen. An der Jesuiterei, dem zerstörten Nolteschen Haus*, hat dann noch mancher späte Gast die Juffer Prinkernell gesehen und ist im Schrecken davongerannt.

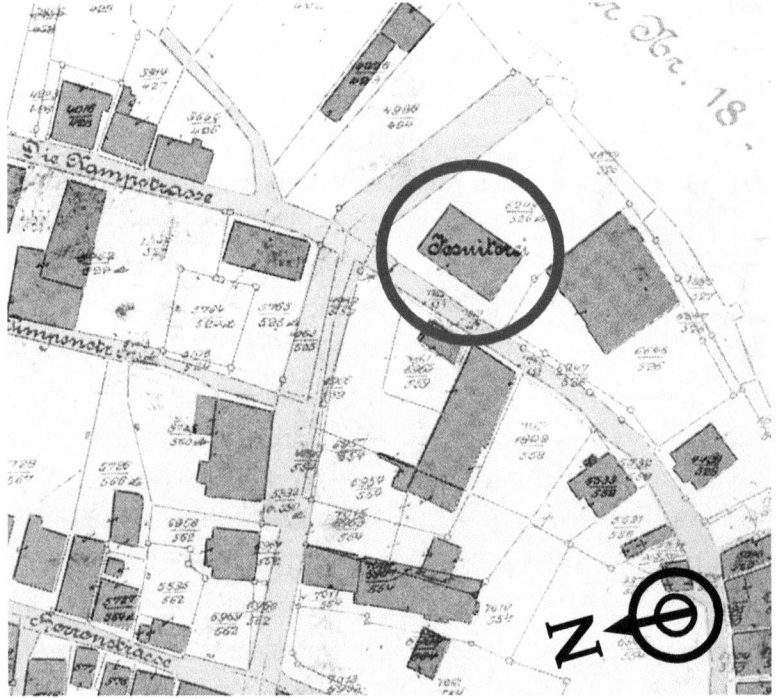

Ausschnitt aus der Katasterkarte der Stadt Recklinghausen aus dem Jahr 1909. Hier ist noch das „Jesuiterei" genannte Noltesche Haus eingezeichnet.

* Ecke Kampstraße – Löhrhofstraße • siehe S. 93 • vergleiche S. 134

Was ist Ketzerei?

Die Meinung aller, die nicht so denken wie wir.

Friedrich Wilhelm, genannt Der Große,
Kurfürst von Brandenburg (1620 - 1688)

MEIN VESTISCH LAND

„Mein Vestisch Land", das Buch, in dem Eugen Vetter 1949 zur Feier der
Großstadtwerdung auch die alte Volkssage von der Juffer Prinkernell
abdrucken ließ.

Annäherung an eine Sage

Wie nähert man sich einer Sage an, wenn man die Absicht hat, die alte Erzählung, die realen Tatsachen, aus denen sie entsprungen ist und die magischen Bilder der Phantasie zu einer neuen Geschichte zu verknüpfen? Spätestens seit der Herausgabe des Buches „Mein Vestisch Land"[1] im Jahr 1949 ist die Volkssage um die betrügerische Jungfer allen Bürgern Recklinghausens bekannt. Allen Schulkindern wurde dieses heimatkundliche Werk zur Feier der Großstadtwerdung[2] mit auf den weiteren Lebensweg gegeben. Kaum ein Buch hat mehr zur Identifikation mit der alten und für viele Zuwanderer neuen Heimat beigetragen, als dieses schmale Bändchen mit seiner aufgelockerten Mischung aus faktischer Bestandsaufnahme und emotionaler Ansprache. Noch Jahrzehnte nach seinem Erscheinen lag es bei den ehemaligen Schulkindern und deren Nachkommen im Bücherschrank und wurde hervorgeholt, wenn es um Fragen der regionalen Identität ging. Die Fragen nach dem „Wo kommen wir her", dem „Wie sah es früher hier aus" und dem „Wie lebt man heute in Recklinghausen" werden auch über siebzig Jahre nach seinem Erscheinen immer noch gestellt.

Dies sind die zentralen und zeitlosen Fragen jeder Generation.

Und immer noch werden die Geschichten aus diesem Buch mehr oder weniger unverändert weitererzählt.

Eine dieser immer wieder erzählten Geschichten ist die Sage von der Frau, die ihr Leben lang nicht geheiratet hat, angeblich in ihrem Kramladen mit falschen Gewichten hantierte und deshalb nach ihrem Tod dazu verdammt war, als Geist durch die Stadt zu spuken, bis ein „frommer Mönch" sie in den Emscherbruch, nämlich zur Jungfernheide, verbannte, wo sie noch lange einsamen Wanderern erschienen sein, sie in den Sumpf und damit in den Tod gelockt haben soll.

Eine Sage ist nach den Brüdern Grimm „[...] *Kunde von Ereignissen der Vergangenheit, welche einer historischen Beglaubigung entbehrt*" und „*[...]naiver Geschichtserzählung und Überlieferung, die bei ihrer Wanderung von Geschlecht zu Geschlecht durch das dichterische Vermögen des Volksgemüthes umgestaltet wurde [...]*"[3].

Sagen sind mithin die Geschwister der Märchen, die ihre Entstehung jedoch nicht der reinen Phantasie verdanken, sondern tatsächlich einen historischen Hintergrund haben. Wenn auch dieser Hintergrund im Laufe der Jahrzehnte und Jahrhunderte mehr und mehr durch die mündliche Überlieferung verwässert wurde, so ist der ursprüngliche Funke dieser Geschichte immer noch irgendwo in ihr selbst verborgen.

Eine Sage ist immer auch ein Lehrstück, ein warnendes Beispiel, wie man es tunlichst nicht machen sollte. Mithin ist sie also auch ein pädagogisches Mittel. Denn die Berufung auf tatsächlich Geschehenes wirkt im Bewusstsein des Hörers oder Lesers stärker als die unbestimmte Allegorie eines Märchens. Der Verlauf und das Ergebnis dieser Geschichte könnte schließlich jedem selbst widerfahren.

Doch verliert die Sage im Laufe der Zeit ihren belehrenden

Charakter, wenn sich die Rahmenbedingungen ändern und die Wahrnehmung der Bevölkerung sich den jeweiligen geschichtlichen Stömungen anpasst. Dadurch gehen die für das Verständnis der Geschichte notwendigen Hintergrundinformationen verloren und die belehrende Erzählung kann ihren ursprünglichen „Auftrag" nicht mehr erfüllen. Sie verliert ihre Grundlage und wandelt sich zu einem bloßen Schauermärchen.

Die literarische Aufarbeitung einer solchen „verlorenen", stark emotional gefärbten Erzählung wie jene um die „Juffer Prinkernell" bedarf also eines etwas solideren Unterbaus, wenn sie auch heute noch Bestand haben soll. Vor dem ersten Wort, das man aufs Papier oder in heutigen Zeiten in den Computer setzt, gilt es also, genau diesen befestigten Unterbau zu schaffen.

Doch, um konkret zu werden: Wo liegt der reale Ursprung dieser Geschichte um die Jungfrau (Juffer) Pinkernell? Gab es sie wirklich? Wenn ja, wann hat sie gelebt? War sie tatsächlich eine Betrügerin? Warum wurde sie dann nicht zu Lebzeiten für ihren Betrug zur Rechenschaft gezogen? Und warum wurde sie, wenn sie doch so böse und habgierig gewesen ist, angeblich in Sankt Peter vor dem Kreuzaltar* begraben? So etwas macht man nicht mit Verbrechern, sondern nur mit besonders honorigen Mitbürgern. Und wenn sie eine so sehr geachtete Persönlichkeit gewesen ist, aus welchem Grund wurde ihr dann nach ihrem Tod das Etikett einer Betrügerin angeheftet?

---

* Siehe Worterklärungen ab Seite 101

Je weiter man sich in das Geflecht von Fragen und Widersprüchen hinein begibt, desto mehr wird einem klar, dass man es hier nicht mit einem Hirngespinst sondern mit einer gesellschaftlichen und vielleicht sogar mit einer politischen Verleumdungskampagne zu tun hat. Spielt hier eventuell sogar der in jener Zeit ausgetragene Kampf zwischen katholischer Kirche und Reformationsbewegung eine Rolle?

Welche Gemütsregung oder politische Motivation auch immer die Grundlage für die Verleumdung einer sicher sehr frommen und gesellschaftlich wie geschäftlich aktiven Frau gewesen ist, macht diese Volkssage durch ihre inneren Widersprüche doch jenen sozialen Graben deutlich, der sich tief durch die damalige Bevölkerung zog.

Doch wo setzt man konkret mit den Nachforschungen an? Eine erste schnelle Möglichkeit der Recherche bietet das Internet. Inzwischen hat man auch hier die Möglichkeit, historische Quellen zu studieren. Primäre Quellen studiert man zwar besser in den lokalen Archiven, aber man kann sich online in einem ersten Schritt ohne großen Zeitaufwand die ersten realitätsnahen Bilder einer vergangenen Epoche vor Augen führen.

Zunächst einmal galt es, den zeitlichen Rahmen abzustecken. Kann man aus den schnell zugänglichen Quellen in etwa das Jahrhundert, vielleicht sogar das Jahrzehnt bestimmen, in dem diese Geschichte spielt?

Unterschiedliche sekundäre und tertiäre Quellen[4] berichten davon, dass es hier um eine gewisse *Maria Theresia Pinkernell* geht, die im Jahr 1692 ihren gesamten Besitz den Jesuiten vermacht hat[5].

Folgt man den Aussagen dieser Quellen, hat man im Grunde genommen bereits zwei Fragen beantwortet. Zum einen hat man ausgehend von der Lebenserwartung der damaligen Zeit grob den zeitlichen Rahmen abgesteckt und zum anderen den Ort ihres Wohnens und Wirkens eingegrenzt. Nehmen wir das Zweite zuerst.

Auf dem Katasterplan der Stadt Recklinghausen von 1909[6] ist eine „Jesuiterei" verzeichnet (*siehe Kartenausschnitt auf Seite 10*). Dieses Haus war, wie uns die Archivalien bestätigen, ursprünglich im Besitz der Jungfrau Pinkernell (*die Schreibweise ohne das als Epenthese eingeschobene „r" war die ursprüngliche*) bzw. ihrer Eltern und wurde nach der Stiftung der Jungfrau die Recklinghäuser Missionsstation der Jesuiten. Das in der Sage erwähnte „Noltesche Haus", welches identisch mit dem Haus der Jesuiten und der Pinkernell war, ist noch auf Fotos aus der Mitte des 20. Jahrhunderts[7] abgebildet. (*Eine detaillierte Geschichte dieses Gebäudes kann man in „Die Tochter des Hexenjägers ..." nachlesen. Siehe letzte Seite des Buchblocks.*) Dieses Haus mit Kramladen hatte Maria Theresia von ihren Eltern geerbt. Aber wer waren die, und welche gesellschaftliche Stellung nahmen sie ein?

In den Unterlagen des 17. Jahrhunderts taucht der Name Dr. Hermann Pinkernell auf. Dieser Dr. Pinkernell /Pinkarnell /Pinckerneill (*man notierte - besonders Namen - nach persönlichem Hörverständnis*) war der Vater der Maria Theresia. Er war ein Jurist, der ursprünglich in der Freiheit Wattenscheid zu Hause war. Er wird dort für das Jahr 1622 als Bürgermeister notiert. Im Jahr davor soll er ebenda eine gebürtige Recklinghäuserin, Anna Uphoff, geheiratet haben. Am Ende der 1620er Jahre, mitten im 30-jährigen Krieg, siedelte er mit seiner Familie nach Recklinghausen um. Seine Ehefrau Anna, Tochter einer einflussreichen Recklinghäuser Kaufmanns-, Juristen- und Politikerfamilie, hatte um das Jahr 1629 herum das Handelsgeschäft ihrer Eltern geerbt. Dieses gab sie an ihrem Lebensende an ihre Tochter Maria Theresia weiter. Bis 1692 führte diese Tochter, die später zur Sagengestalt wurde, einen florierenden Kramladen in dem Haus. Zehn Jahre vor ihrem Tod (sie starb 1702) löste Maria Theresia Pinkernell den Kramladen auf und vermachte ihren gesamten Grundbesitz dem Orden der Jesuiten.

In der Zeit um 1690 lag das vergleichsweise große Fachwerkhaus mit einem umfangreichen Grundbesitz nur wenige Schritte hinter der Stadtmauer, ungefähr auf der Höhe des Ulenturms und ebenfalls nicht all zu weit entfernt vom Turm am Kunibertitor, welchen man „Bischof" nannte. Der Löhrhof, jener Teil des heutigen Palais Vest zwischen Hermann-Bresser-Straße, Löhrhofstraße und Löhrgasse, lag mit seiner spärlichen Bebauung direkt nebenan. Auf der Urkatasterkarte von 1822, dem ersten maßstabsgetreuen Straßenplan der Stadt Recklinghausen, war jenes Viertel im Vergleich zu den übrigen nur spärlich bebaut. Dies wird 100 bis 150 Jahre vorher nicht sehr viel anders gewesen sein. Das Haus der Pinkernell lag demnach ziemlich isoliert von den übrigen Gebäuden der Stadt.

Die zweite zu beantwortende Frage behandelt den genaueren Zeitrahmen ihres Lebens und Wirkens.

Recklinghausen im 17. Jahrhundert. Kupferstich aus Matthäus Merians *Topographia Germaniae Band 8 Topographia Westphaliae (Westfalen), 1647/1660*. Hier ist Recklinghausen vom Kuniberg aus zu sehen. Man blickt auf das Kunibertitor und sieht links vom Tor den „Bischof" genannten Gefängnisturm. Leider weicht diese Darstellung von der Karte, die Dr. Pennings in den 1930er-Jahren erstellte ab. Hier fehlen einige der in Pennings Karte dargestellten Türme. Der runde Turm links scheint der Ulenturm (Eulenturm) zu sein, so dass man die hier aufgeschriebene Geschichte in etwa in diese Gegend verlegen kann.

Der **27. April 1692** ist einer der Anhaltspunkte, die uns die Quellen geben. In diesem Jahr ist das später so genannte Noltesche Haus den Jesuiten vermacht worden.[8] Theodor Esch erwähnt im Jahr 1894[9], die Jungfer Pinkernell habe dies getan und dabei verfügt, dass ihr eine kleine Rente und ein ordentliches Begräbnis gewährt werden möge. In seinem Beitrag in der Zeitschrift der Heimatvereine des Vestes Recklinghausen veröffentlichte er auch das Stiftungsschreiben der Maria Theresia Pinkernell im Wortlaut (*Seite 82 ff.*).

Das 17. Jahrhundert war für Recklinghausen nicht gerade das beste Säkulum in seiner Geschichte. Die allgemeine Lebenserwartung war aufgrund der hygienischen Umstände und aufgrund mangelnder Versorgung eher gering. Diverse Konflikte - nicht nur der 30-jährige Krieg -, Feuersbrünste, Hunger und natürlich auch die diversen Pestepidemien, und nicht zuletzt die Hexenverfolgung, die erst im 18. Jahrhundert (*genauer gesagt 1706*) ihr Ende in Recklinghausen fand, taten ihr Übriges, den Recklinghäusern das Leben so schwer wie möglich zu machen. Dennoch gab es immer wieder Menschen, die für die damaligen Verhältnisse steinalt wurden.

Die Quellen geben keine *exakte* Auskunft über das Geburtsjahr der P(r)inkernell. Allein ihr Todesjahr 1702 ist überliefert. Gehen wir aber davon aus, dass sie zu den langlebigen Menschen jener Zeit gehörte, dann mag sich durchaus der Gedanke an eine etwa 70-jährige Greisin zum Zeitpunkt der Übereignung ihres Anwesens an die Jesuiten vor dem geistigen Auge entwickeln. Auch das Jahr der Hochzeit ihrer Eltern gibt uns einen eindeutigen Anhaltspunkt. Dass Ma-

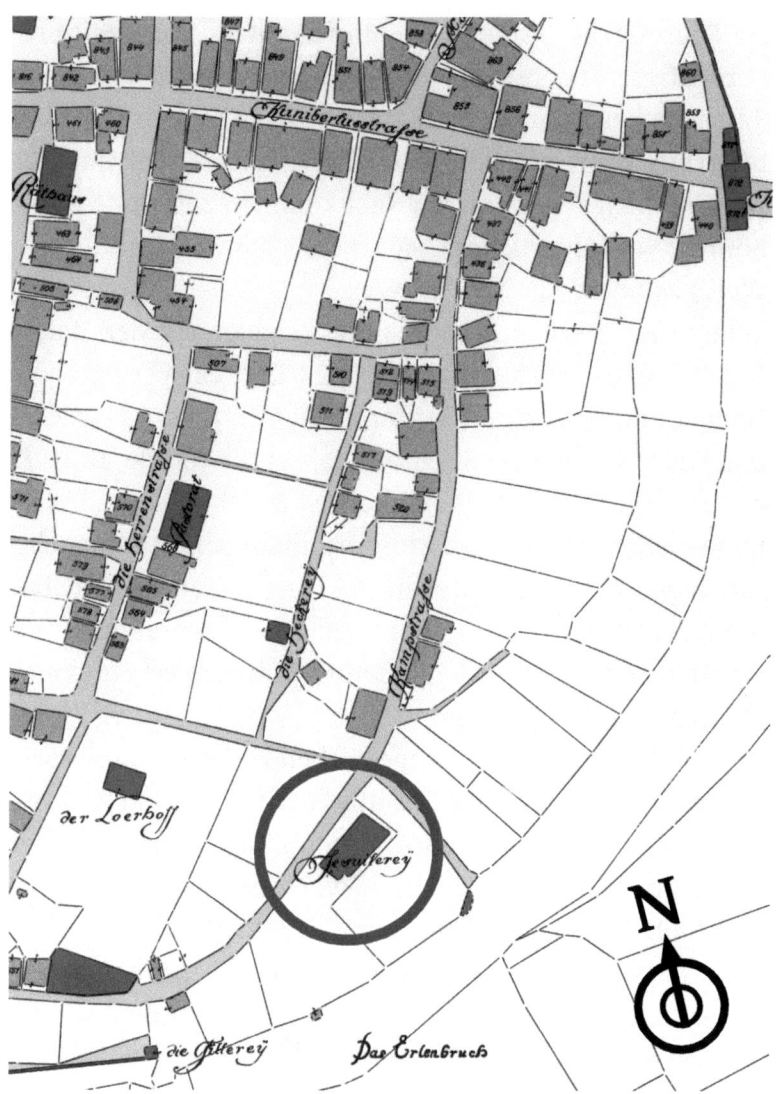

Ausschnitt aus der Urkatasterkarte der Stadt Recklinghausen von 1822. Wenn wir davon ausgehen, dass die Bebauung im 17. Jahrhundert ähnlich gewesen ist, dann lag das Haus der Frau Prinkernell (hier als Jesuiterey bezeichnet) ziemlich isoliert von den übrigen Gebäuden. Örtliche Trennung bedingt oft auch eine nachbarschaftliche Distanz.

ria Theresia die Erstgeborene und damit die vorrangig erbberechtigte Tochter des Pinkernells war, wird durch die Tatsache bestätigt, dass sie das Handelsgeschäft der Mutter erbte. Wenn wir den gesellschaftlichen Druck und den persönlichen Wunsch nach Nachkommen zugrunde legen, können wir folgern, dass sie um das Jahr 1622 herum zur Welt gekommen ist.

Teleportieren wir uns zurück und schauen auf den Kalender. Wir schreiben also das Jahr 1622. Der religiöse und politische Konflikt, den man später als *30-Jährigen Krieg* bezeichnen wird, wütet bereits seit vier Jahren in Mitteleuropa. Er endet, als Maria Theresia Pinkernell 26 Jahre alt ist. In den folgenden Jahren wird sie weitere militärische Auseinandersetzungen erleben, in denen Recklinghausen als Spielball der Mächtigen ein ums andere Mal im Fokus grausamer Ereignisse steht.[10] Sie wird einen Ausbruch der Pest* und zwei Stadtbrände** miterleben.

Es war ihr vergönnt, ein langes Leben zu leben. Dieses Szenario bietet einen guten Rahmen für unsere Erzählung. So können wir den dramaturgischen Bogen auch vor dem Hintergrund der Zeitereignisse weit spannen und eine interessante Lebensgeschichte entwickeln.

Nun muss man aber auch noch mindestens eine weitere Frage beantworten. Nämlich diejenige nach den *Jesuiten in Recklinghausen*. Denn Frau P(r)inkernell hat nicht ohne Grund ihr gesamtes Hab und Gut dieser seit ihrer Grün-

---

* Pestepidemie 1635/36
Große Stadtbrände: 1247, 1469, 1500, 1607,1646, 1686,** 1890

dung umstrittenen und selbst aus katholischen Kreisen angefeindeten Ordensgemeinschaft vermacht.

Um diese Frage beantworten zu können ist es nötig, sich mit der Geschichte der Jesuiten im Allgemeinen und natürlich auch im Speziellen mit derjenigen in Recklinghausen zu beschäftigen. Leider ist die Geschichte der Jesuiten in dieser Region und im speziellen in der Stadt Recklinghausen vor 1692 nicht besonders gut dokumentiert, was sicher mit der Tatsache zu tun hat, dass die Missionare vor diesem Zeitpunkt im Vest Recklinghausen nicht ansässig waren.[11]

Allgemein bekannt ist, wie oben erwähnt, dass mit der Stiftung des Hauses an der Kampstraße die Jesuiten im Jahr 1692 in Recklinghausen eine Besitzung erhielten und nach dem Tod der Stifterin im Jahr 1702, aber möglicherweise auch schon zu ihren Lebzeiten hier ansässig wurden. Vorherige Kontakte Recklinghausens zu Jesuiten lassen sich nur über die Missionstätigkeiten, die von Haltern oder anderen Orten aus erfolgten, nachweisen. Aber auch in Haltern sind sie erst ab den 1660er Jahren als Missionare etabliert und in den 1680er Jahren mit der Übernahme der Kapelle auf dem Annaberg ansässig geworden (*Seite 125*). Der oben erwähnte Heinrich Schumacher von dem St. Annenberge bei Haltern, der in Frau Pinkernells Übereignungsdokument genannt wird, war wohl jener Missionar, der zumindest ab 1687 auch für Recklinghausen zuständig gewesen ist.

Theodor Esch vermerkt in seinem Beitrag, dass der erste in Recklinghausen ansässige Missionar, den wir dem Namen nach kennen, Pater Ludovicus hieß. Den zweiten Namen Gottfried Callenberg erwähnt er schon mit der Jahreszahl 1731.[12]

Bei Bernhard Duhr wird erwähnt, dass das Vest Recklinghausen in jenen Jahren aus katholischer Sicht seelsorgerisch „unterversorgt" gewesen sei, aber es war durchaus nicht so, dass es gar keine Verbindungen der Stadt zum Jesuitenorden gab.

Die gesellschaftliche Verflechtung einiger Führungspersonen der Stadt und der Region verfolgend bekam ich einen ersten indirekten Hinweis, in welcher Art und Weise einer der Bürgermeister der Stadt möglicherweise mit den Jesuiten in Verbindung zu bringen sein könnte.

So wird zum Beispiel im *Litterarischen Anzeiger Nr. 104* aus dem Jahre 1800 in der Rezension des *münsterschen Schriftstellerlexikons von Friedrich Matthias Driver* von 1799 auf einen Jesuiten mit dem Namen Ludovicus Schaumburg hingewiesen, der nach Herrn Driver im Jahr 1731 ein theologisches Werk veröffentlicht habe.[13] (*Seite 27*) Im *Litterarischen Anzeiger* wird vergleichend darauf hingewiesen dass in einem anderen Werk als dem besprochenen ein Jesuit Ludolph Schaumburg als in Recklinghausen geboren verzeichnet wird. Nach einigem Suchen stellte sich heraus, dass dieser Ludolph Schaumburg 1674 in Recklinghausen zur Welt kam und seit 1692 dem Orden angehörte. Möglicherweise sind *Ludolph* und *Ludovicus* nur unterschiedliche Erscheinungsformen des gleichen Namens; war doch in jener Zeit die Latinisierung durchaus üblich. (Zum Beispiel „Faber" bzw. „Fabritius" für „Schmidt" bzw. „Schmied".) Wahrscheinlich ist dieser Ludovicus Schaumburg jener erste namentlich bekannte Jesuit Ludovicus, der bei Esch genannt wird.

Nach weiteren Recherchen kam ich im Zusammenhang mit dem Namen Schaumburg, dessen bekanntester hier ansässiger Vertreter, Arnold, einer der Recklinghäuser Bürgermeister im 17. Jahrhundert gewesen ist (*der Name der Schaumburgstraße erinnert unter anderem auch an ihn*), auf den Namen Johann Schaumburg. Nach weitergehender genealogischer Forschung zu dieser Familie stellte sich heraus, dass die familiären Wurzeln bei katholischen Klerikern des 16. Jahrhunderts liegen (*mit höchster Wahrscheinlichkeit sind die Recklinghäuser Schaumburgs illegitime Nachkommen des Erzbischofs von Köln, Adolf von Schaumburg*). Die für diese Untersuchung aber wichtigste Information war:

Die Söhne des Johann von Schaumburg, Godfried und Arnold (dies ist der spätere Bürgermeister), studierten am Jesuitenkolleg in Münster.

An dieser Stelle musste ich unweigerlich spekulativ weiter denken. Konnte es sein, dass über diesen Johann Schaumburg sowie über dessen Verbindung zum Kölner Klerus auch eine Verbindung der übrigen Familie Schaumburg zu den Jesuiten bestand, deren Provinzial in Köln residierte? Oder hat sich aus dem Kontakt der Söhne Johanns zu den Jesuiten in Münster eine engere Verbindung zum Orden ergeben? Zumindest war Arnold mit einer Frau verheiratet, deren Bruder Jesuit gewesen ist, und Godfried Schaumburg war Amtmann des Damenstiftes Flaesheim, welches als Gründungsmitglied der 1692 von den Jesuiten in Haltern gegründeten Todesangstbruderschaft auftrat.

Wie sich inzwischen herausgestellt hat, war der oben erwähnte Jesuit Ludolph, wie der auch heute noch in Recklinghausen bestens bekannte Gerhard Caspar Schaumburg (*die
Kreuzigungsgruppe am Lohtorfriedhof wurde von ihm gestiftet*),
ein Sohn des Bürgermeisters Arnold. Die Nähe der Schaumburgs zu den Jesuiten ist also unübersehbar.

Doch zurück zu Frau Pinkernell. Sie war eine sehr fromme,
geschäftlich erfolgreiche und auf lokaler Ebene durch ihre
demonstrierte tiefe Frömmigkeit eher unantastbare Frau.
Es war in jenen Zeiten sicher nicht falsch, im katholischen
Recklinghausen eine große Frömmigkeit zu zeigen und Kontakte zu einflussreichen konfessionellen und politischen
Kreisen zu pflegen.

Doch obwohl Recklinghausen seit mittelalterlicher Zeit katholisch geprägt war, gab es zur Zeit der Reformation eine
protestantische Strömung auch im Vest. Im Jahr 1583 wurde zum Beispiel im Verlauf der Truchsessischen Wirren
(*auch Kölnischer Krieg genannt*) der reformierte Gottesdienst
in Recklinghausen eingeführt, mit dem Sieg der Katholiken
1588 aber wieder abgeschafft. Protestanten war es nach
1614 per Religionsedikt dann verboten Recklinghausen zu
betreten; und harte gegenreformatorische Maßnahmen
der kurfürstlichen Regierung sorgten in der Folge dafür,
dass Recklinghausen katholisch blieb. Nun führen äußere
Zwänge jedoch in der Regel nicht dazu, dass die Menschen
ihr Denken ändern. Ganz im Gegenteil. Im 16. Jahrhundert
hatte sich nicht-katholisches Gedankengut auch in Stadt
und Vest Recklinghausen verbreiten und verfestigen können. Außerdem war Recklinghausen während des Drei-

CATECHISMUS POLEMICUS, **;**
Das ist :
Catholischer
Catechismus /
Und nützliche
Glaubens-Streitigkeiten
Frag-weiß vorgestellet /
Und der Catholischen Wahrheit
zum Besten beantwortet
Mit Göttlicher H. Schrifft /
Mit wichtigen Ursachen /
Mit Auctorität der heiligen Vätteren/
Insonderheit / welche gelebt nach der
Gnadenreichen Geburt JEsu Christi / in den
ersten drey hundert Jahren/welche die Protestirende
selbst nennen : Tria Sæcula pura , die drey hundert
reine Jahren/in welchen die Catholische Kirche
noch nicht gefehlet habe/und von der wah-
ren Lehre Christi/und der Aposteln
abgewichen sey.
Auctore P. LUDOLPHO SCHAUMBURG
Societatis Jesu , SS. Canon. Professore.

Cum Privilegio Sac. Cæsar. Majestatis.

Getruckt zu Paderborn/bey Hoff-Buchd. Todi/1721.
und allda zu bekommen bey Hillebrandt Buchb.
Zu Münster aber bey Icken Buchb. ad S. Ægidium.

Die Titelseite des Catholischen Catechismus, 1721 verfasst von dem
Jesuitenpater Ludolph Schaumburg, welcher 1674 in Recklinghausen
geboren wurde und seit 1692 dem Orden angehörte.

ßigjährigen Krieges immer wieder von protestantischen Truppenverbänden besetzt. Auch hier hatte sich entsprechendes Gedankengut verbreiten können. Genau gegen solche Tendenzen wurden die Jesuiten eingesetzt.

Die Jesuiten, diese, ich nenne sie mal salopp „Guerrillakämpfer des Papstes", wurden als Missionare unter anderem überall dort aufgeboten, wo die „alte Kirche" dem Vormarsch der Reformation Einhalt gebieten wollte. Ihr bedingungsloser Gehorsam dem Papst gegenüber, ihre kompromisslose Aufopferungsbereitschaft für die katholische Weltanschauung und ihr entschiedenes Auftreten gegenüber „ketzerischen" Gedanken, haben schnell dazu geführt, dass im Gegenzug von protestantischer Seite Verschwörungstheorien in Richtung der *Gesellschaft Jesu (abgekürzt SJ für Societas Jesu)* geschürt wurden. Denn nicht nur die katholische, sondern auch die protestantische Seite nutzte die Möglichkeiten der psychologischen Kriegführung. Die Protestanten versuchten im Kampf um die Vormachtstellung, durch gezielte Verleumdungskampagnen auch den Ruf ihrer stärksten Gegner, der Jesuiten, zu zerstören. So wurde jenen vorgeworfen, ein Club wollüstiger Erbschleicher zu sein, die mehr mit dem Teufel als mit Gott in Verbindung standen. Bereits 1562 hatte der lutherisch orientierte Theologe Martin Chemnitz vor den Jesuiten gewarnt, und im Jahr 1569 behauptete der Stuttgarter Prediger Lucas Osiander, der Jesuitenorden sei vom Teufel gegründet worden. Im nachhaltigsten Angriff auf die Jesuiten, der Schrift „Monita secreta"von 1612, wird behauptet, die wahren Ziele des Ordens seien Erbschleicherei, Mitmischen in der Politik und Einflussnahme auf Herrscherhäuser. In der Folge bekam das Wort „jesuitisch" den Beigeschmack von „verschlagen", „listig", „intrigant". Die Herkunft des Wortes „Jesuiterei" für das Recklinghäuser Missionshaus lässt sich wahrscheinlich auch aus einer ablehnenden Haltung gegen die Jesuiten erklären.

1716 wird zum Beispiel in einem protestantischen Werk auf einen Jesuiten aus Recklinghausen Bezug genommen.[14] Dieser soll angeblich im Rahmen eines Exorzismus bei der Befragung eines Kindes mit dem Teufel kommuniziert haben. Ob dieser Jesuit aus Recklinghausen tatsächlich existiert hat oder ob es sich hier um eine erfundene Figur handelt, ist nicht nachvollziehbar. Ein Name wird nicht genannt, aber der Zeitstellung nach ist hier von Pater Ludovicus die Rede.

1773 ist der Orden dann aus überwiegend politischen Gründen verboten worden.

Für Recklinghausen lässt sich feststellen, dass es auch nach der offiziellen Auflösung noch einen Angehörigen des Ordens gegeben hat. So ist der (Ex-) Jesuit Heinrich Moll im Jahre 1800 in Recklinghausen gestorben, und mit seinem Tod ist das gesamte Vermögen der Recklinghäuser Niederlassung „[...] *zwangsweise zugunsten des städtischen Schulfonds veräußert* [...]"[15] worden. In Kreisen, die den Jesuiten ablehnend gegenüber standen, wurden diese nun nach ihrem Gründer Ignazius von Loyola „Ignazisten" oder „Loyoliten" genannt. Als im Jahr 1814 der Orden wieder zugelassen wurde, war die Recklinghäuser Niederlassung allerdings bereits aufgelöst und wurde nie wieder neu eingerichtet.

Es gibt noch viel mehr an soziologischen, politischen, ethischen und moralischen Fakten aus dieser Erzählung herauszulesen. Und es gibt auch noch viele weitere faktische Hinweise, die mehr Licht auf die historischen Tatsachen werfen. Als schneller Überblick zum Aufbau eines Grundgerüstes für eine emotionale Erzählung mag dieser grobe Exkurs hier allerdings genügen.

Für mehr Hintergrundinformationen darf an dieser Stelle auf die Publikation „Die Tochter des Hexenjägers - Recklinghausen, die Pinkernell und die Jesuiten - Spurensuche in der Frühen Neuzeit" verwiesen sein.

Maria Theresia P(r)inkernell stiftete 1691 der Kirche Sankt Peter in Recklinghausen einen vergoldeten Silberkelch. In dem Werk „Bau- und Kunstdenkmäler von Westfalen, Band 39, Landkreis Recklinghausen ..." der Autoren Körner und Weskamp aus dem Jahr 1929 ist dieser Kelch auf Seite 30 abgebildet. Die Beschreibung auf Seite 32 lautet:

Kelch, (Abbildung S. 30), barock, von 1691, Silber vergoldet, 0,22 m hoch, Fuß sechspaßförmig. Schaft und Knauf sechseckig, der letztere birnenförmig geschweift. Auf der Innenseite des Fußes die Inschrift: „Maria Theresia Pinkernell 1691". Auf dem Fußrande die Buchstaben AL und Pinienapfel.

Die hier abgebildete Darstellung ist nach dem Foto in o.g. Werk entstanden.

Das Beschauzeichen *Pinienapfel* weist auf den Herstellungsort Augsburg hin. Das Meisterzeichen AL ist wahrscheinlich das Zeichen eines Goldschmieds Antonius Lesser (+1699) oder eines Andreas Lutz (+1722).

Auch wenn es uns nicht bekannt ist, ob Frau Prinkernell selbst geschäftliche Kontakte nach Augsburg hatte oder ob sie über Geschäftspartner oder über andere gesellschaftliche Verbindungen den Herstellungsauftrag gegeben hat, ist es dennoch ein Hinweis darauf, dass sie in irgendeiner Art und Weise Verbindungen über Recklinghausen hinaus gehabt haben muss.

Ein wenig Sauerteig durchsäuert den ganzen Teig
Die Bibel, Neues Testament, Brief des Paulus an die Galater, 5.9

Die junge Maria Theresia Pinkernell. Phantasieportrait nach einem Selbstbildnis der Sofonisba Anguissola. Das Bild stellt in etwas die 1640er Jahre dar.

Die Sage aus heutiger Sicht erzählt

Wir befinden uns in einer fernen Vergangenheit. In einer Zeit, die uns heute unwirklich und unzivilisiert vorkommt, die aber dennoch, wenn man hinter die verstaubte Fassade aus Vorurteilen und verklärender Romantik schaut, so nah und vertraut sein müsste, dass man ohne Probleme in sie hineintauchen kann. Die Menschen haben sich im Verlauf von tausenden von Erdumläufen um die Sonne kaum verändert. Seit Jahrhunderten und Jahrtausenden kämpft die Spezies, die sich eigenmächtig *Homo sapiens* nennt, einen verzweifelten Kampf mit den Gespenstern, die sie sich selbst schafft. Zu den größten aller Gespenster gehören wohl Neid und Missgunst. „*Homo homini lupus*" wie es bei Hobbes heißt, oder ursprünglich wohl „*lupus est homo homini, non homo, quom qualis sit non novit*" wie der lateinische Dichter Plautus einst schrieb. *Ein Wolf ist der Mensch dem Menschen, kein Mensch, solange man sich nicht kennt.* Doch die Bereitschaft, einen anderen wirklich in der vollen Bedeutung des Wortes kennenzulernen, verschwindet oft mit dem Neid auf den Erfolg und den Wohlstand des anderen spur- und erinnerungslos. Und selbst, wenn das Opfer des Neids bereits verstorben ist, gönnt man der armen Seele keine Ruhe.

Recklinghausen war im 16. und 17. Jahrhundert ein kleines Ackerbürgerstädtchen. Eine kölnisch-katholische Exklave, ein Brückenkopf und politischer Spielball in der Auseinandersetzung um die Interessen der Mächtigen. Mal ging es hin, mal ging es her. Ruhe und Zufriedenheit waren seltene Gäste.

Die Stadt war umgeben von einer Mauer mit fünf Toren[*]. Dicht an dicht drängten sich in einigen Vierteln die Häuser innerhalb dieser dicken, grobsteinigen Wehrmauer in engen Gassen platzsparend aneinander, neigten ihre oberen Geschosse dem wegführenden Gässchen zu, als hätten sie Kummer, und sie waren in ihrer überwiegend hölzernen Bauweise immer wieder ein gefundenes Fressen für die Bestie mit der rotgelben Zunge. Feuer war eine ernst zu nehmende Gefahr. Nachts achtete der Nachtwächter darauf, dass die Lichter gelöscht waren, und am Tag ließ der Türmer von Sankt Peter sein scharfes Auge über die Stadt und die Umgebung schweifen. In der Breiten Straße und im Bereich des Löhrhofs standen die Häuser etwas weiter vis a vis auseinander. Über die schlammige, von tierischem Unrat verschmutzte, zum Himmel stinkende Breite Straße nämlich trieb der städtische Hirte das Vieh der Ackerbürger vom Marktplatz aus zum Viehtor hinaus auf die städtischen Weiden, die im Süden vor der Stadt lagen. Niemand mochte gern an der Breiten Straße wohnen. Dennoch waren die Bewohner von Recklinghausen, wie alle Städter seit der Zeit des Mittelalters stolze Bürger, die sich für freie Individuen hielten. Doch das Denken und damit auch das individuelle Urteilen über andere ist immer schon eine eher unfreie Freiheit gewesen. Die persönliche Vorstellungswelt ist immer von den Erfahrungen geprägt, die eine Person über ihr gesamtes Leben hinweg gemacht hat. Insofern kann man auch die Freiheit des Denkens nur in den Grenzen des per-

---

[*] Kunibertitor, Martinitor, Lohtor, Steintor und Viehtor.

sönlichen Erfahrungshorizonts nutzen. Die Schnittmenge der Erfahrungen von Menschen, die sich an einem Ort zusammenfinden, wird durch den emotionalen Austausch stillschweigend zu einem kollektiven, allgemeingültigen Regelwerk für das Zusammenleben erklärt. Zusammen mit den Regeln der Obrigkeit ergibt sich im Fühlen und im täglichen Umgang miteinander ein Überlebens-Konzept, das als allgemein üblich und unumstößlich, als moralisches Dogma, wahrgenommen wird. Wer aber nicht ins Konzept passt, wer aus dem Rahmen der vorgegebenen Ordnung fällt, wurde damals wie heute verlacht, gemieden, verachtet und möglicherweise sogar mit böswilligen Nachstellungen und übler Nachrede bestraft.

Eine dieser Figuren, die aus dem Rahmen des sie umgebenden Fühlens und Denkens herausfiel, war die *Juffer Prinkernell*.

Maria Theresia Prinkernell, oder Marie, wie sie von ihrem Vater genannt wurde, war ein ernstes Kind. Sie mochte nicht gern mit den anderen Kindern aus der Nachbarschaft spielen. Zu albern waren sie ihrer Meinung nach. Zu wenig am tatsächlichen Leben und den Anforderungen der Zukunft interessiert. Marie war schon als Kind das, was man heute pragmatisch und zielorientiert nennen würde. Mit Kinderspielen wie *Nachlaufen* oder *Wer-hat-Angst-vorm-Schwarzen-Mann*[16], mit *Kreiseltreiben* und *Reifenspringen*, mit *Stelzenlaufen* und *Steckenpferdrennen*, womit sich die anderen Kinder die Zeit vertrieben, wenn sie nicht zu Hause helfen mussten, konnte sie nichts anfangen. Sie saß lieber daheim in der Stube über dem geräumigen Laden in dem

Haus an der Kampstraße, schräg gegenüber des innerstädtischen Löhrhof-Kotten, ganz in der Nähe des Gerberteichs und hörte den erklärenden Worten ihres Vaters zu, der neben der Tätigkeit seiner Frau, die einen Kramladen führte, als Jurist für das Auskommen der Familie sorgte. Marie lernte fleißig, wie man bestes Tuch webt, wie man Waren abwog und wie man ein Geschäft führt. Sie lernte lieber, wie man Handelsbeziehungen aufbaut, wie man schreibt und rechnet und wie man gesellschaftliche Verbindungen und rechtliche Kniffe anwendet, statt sich mit anderen Kindern eine gute Zeit zu machen. Heute würde man Marie als Streberin und Klassenprimus bezeichnen. Aber wie es auch heute mit dem Klassenprimus, mit Strebern und Karrieremonstern ist, so war auch Marie damals bei den anderen Kindern nicht besonders beliebt. Die Spielkameraden mieden sie, so wie sie die anderen Kinder mied. Sie fiel schon als Kind aus dem gesellschaftlichen Raster.

Ihr Vater sah die Entwicklung seiner Tochter mit gemischten Gefühlen. Marie war sein ältestes Kind. Seine Frau war bei der Geburt ihres Sohnes Reiner am Kindbettfieber verstorben und er mühte sich nach Kräften, den Kindern trotz der schweren Zeiten eine sichere Zukunft zu bieten. Marie war seine Haupterbin. Weitere Verwandtschaft, die eventuell ein Anrecht geltend machen konnte, gab es zwar, aber die wohnte eine Tagesreise weit weg in Wattenscheid und der Kontakt zu den Verwandten war schon lange abgebrochen. Hermann Prinkernell hatte ganz bewusst neben seiner Tätigkeit als Jurist den Kramladen seiner Frau weitergeführt. Durch den Zwang, als Krämer einer der Gilden der Stadt angehören zu müssen, eröffneten sich ihm gesellschaftliche und politische Einflussmöglichkeiten. So kam er auch in Kontakt mit jenen Familien, die ihm und seiner schönen Tochter Vorteile verschaffen konnten.

Marie war als Jugendliche und auch später noch eine außergewöhnlich attraktive Frau. Die Jungs, die in den Laden ihres Vaters kamen und sie sahen, waren auf der Stelle wie hypnotisiert. Den Vater freute dies. Denn erstens konnte er den stammelnden jungen Männern alles mögliche verkaufen, was sie eigentlich gar nicht benötigten, andererseits war er sich sicher, dass seine Tochter einmal eine gute Partie machen würde. Es musste nur der richtige junge Mann durch die Tür kommen. Doch sie war nicht nur klug, sie war auch durch und durch fromm.

Bis zur Säkularisation hatte die katholische Kirche einen starken Einfluss auf das tägliche Leben der Menschen in Recklinghausen. Die monogame Ehe als heiliges Sakrament wurde als einzige und einzig wahre Lebensform für Erwachsene propagiert. Dabei sollte die Frau dem Manne untertan sein. Doch die Menschen lebten immer schon so, als sei ihre Gesellschaft eine natürlich gewachsene. Übergestülpte Zwänge haben Untertanen und auch höher Gestellte von je her dazu veranlasst, andere Wege des Zusammenlebens innerhalb der engen moralischen Regeln zu suchen. So gab es einerseits neben den illegalen Konkubinaten in Pfarrhäusern[17] andererseits auch Zeitgenossen und -genossinnen, die auch aus religiösen Gründen der Ehe entsagten und allein blieben. Diese Leute wurden von den weniger gebildeten Bürgerinnen und Bürgern oft mit einem mitleidigen oder auch verächtlichen Blick betrachtet.

Die Prinkernell hatte sich bereits als Jugendliche zu einem asketischen, jungfräulichen Leben entschieden und ließ ihre männlichen Verehrer reihenweise abblitzen.

Ihr Vater war inzwischen älter und auch krank geworden. Marie hatte den Kramladen zu führen, den Haushalt zu versorgen und den alten Vater zu pflegen. Da blieb sowieso keine Zeit für romantische Affären. Also hatte sie auch keine Gelegenheit, an den gesellschaftlichen Festen der Stadt teilzunehmen und sich der jungen Männerwelt zu präsentieren.

Den jungen Männern gefiel es natürlich nicht, dass die schöne, aber augenscheinlich auch sehr fromme Maria sich keinem von ihnen öffnete, und sie begannen, negativ über sie zu reden. Es dauerte nicht lange, und auch die jungen Frauen des Ortes stimmten in die Misstöne ein. Es war ihnen unbegreiflich, dass eine solch attraktive, junge Frau keinen Mann fand. Es musste etwas anderes dahinter stecken.

Es verging keine lange Zeit und Marie war als Männerhasserin und geizige, scheinheilige Juffer verschrien, die kein Mann haben wollte.

Als ihr Vater starb, übernahm sie das Geschäft, in dem sie seit ihrer Kindheit immer schon mitgeholfen hatte. Und dank ihres Fleißes und ihrer Geschäftstüchtigkeit wuchs ihr Einkommen und auch ihr Einfluss in den Gilden der Stadt, obwohl sie als Frau nicht in deren Führungsspitze aufsteigen konnte. Ihr kaufmännisches Geschick ermöglichte es ihr, gute Preise für hochwertige Waren bieten zu können. Sie erwarb sich hierdurch eine Sonderstellung im Handelswesen der Stadt. Ihr Vermögen wuchs und sie war, wie schon ihre Eltern, in der Lage eine Magd zu bezahlen, die ihr beim Spinnen und Weben helfen konnte. Prinkernells Tuche gehörten zu den besten der Stadt. Und ihre Elle war selbst in den schwierigsten Zeiten immer ein ganz klein wenig länger als die der anderen Krämer. Auch in allen anderen Dingen hatte sie den Blick auf Qualität und gab immer ein kleines Quäntchen mehr als gefordert. Aus diesem Grund kauften die Menschen lieber bei ihr als bei den Mitbewerbern. Aber die einfachen Recklinghäuser mochten die schöne junge Frau trotz ihrer besonderer Waren und ihres großzügigen Maßes nicht. Denn sie widmete dem schnöden Mammon und der Frömmigkeit mehr Aufmerksamkeit als der Gründung einer Familie und stellte mit dieser Einstellung die allgemein gebräuchliche Lebensweise in Frage.

Marie war eben anders.

Von Zeit zu Zeit kam ein Jesuit nach Recklinghausen, um hier gegen die lutherischen Lehren, die sich auch im Vest Recklinghausen ausgebreitet hatten, zu predigen.

Intellektuelle waren damals wie heute eine besondere Klasse von Menschen, die aufgrund ihrer Bildung und ihres erweiterten Weltverständnisses von den ungebildeten Mitbürgern aufgrund mangelnder Kenntnis mit Skepsis und zum Teil auch mit Ablehnung betrachtet wurde.

Die von Ignatius von Loyola rund einhundert Jahre vorher gegründeten und von Papst Paul III. legalisierten Jesuiten genossen zwar wegen ihrer Bildungsarbeit, ihrer Jugend-pflege und ihres starken seelsorgerischen Engagements ein gewisses Ansehen, und sie waren auch in streng katholischen Kreisen als „Soldaten des Papstes" bekannt, aber die Verleumdungskampagnen der Lutherischen griffen immer mehr um sich, so dass viele einfache Bürger mit einer gewissen Distanz zu den gebildeten Herren aufsahen. Wenn man etwas nicht versteht, hält man besser erst einmal einen Sicherheitsabstand ein, bis man vorsichtig herausgefunden hat, welchen Vorteil man aus dem Unbekannten ziehen kann.

Diese übliche Reaktion jedoch lag der jungen Prinkernell fern. Sie öffnete sich voller Vertrauen und Zuversicht den missionarischen Annäherungen der frommen Brüder.

Mehrmals im Jahr kam der Jesuit in ihren Kramladen, um Kleinigkeiten des täglichen Bedarfs zu kaufen. Dies gab ihr die Gelegenheit, ganz unbefangen über theologische und weltliche Fragen zu reden. Der Jesuit war erstaunt, eine Frau mit einem derartigen Interesse für theologische Themen zu finden. Schließlich war das allgemein propagierte Frauenbild jener Zeit eher das einer nützlichen Haushaltshilfe als das einer intellektuellen Denkerin. Marie war eben anders als andere Frauen. Der Jesuit gab ihr die Möglichkeit, neben Fragen der frommen Lebensführung auch allgemeine theologische Fragen zu diskutieren.

Durch diese Gespräche und durch die juristischen Erfahrungen, die sie mit Hilfe ihres Vaters machen konnte, war sie ihren Konkurrenten auch auf der geschäftlichen Ebene immer ein wenig voraus.

Zwar wurde von der Obrigkeit mit Hilfe von preislichen Regulierungen und mit Kontrollen durch Ordnungskräfte versucht, keine Konkurrenz im Sinne unseres heutigen Marktwettbewerbs aufkommen zu lassen, weil dies gegen die damalige, kirchliche Auffassung von Brüderlichkeit verstieß, aber dennoch versuchte jeder Händler, sich im aufkeimenden Kapitalismus möglichst gewinnorientiert am Markt zu bewegen; was gelegentlich dazu führte, dass einige Händler zu kurze Ellen und falsche Gewichte benutzten. Wer aber klar und strukturiert denken konnte, hatte einen entscheidenden Vorteil. Er konnte sein Geschäft langfristig planen und auf diese Weise legal reich werden. Die Prinkernell beherrschte ihr Geschäft perfekt und häufte im Laufe weniger Jahre große Reichtümer an.

Aber, wie eingangs erwähnt:

Der Mensch ist dem Menschen ein Wolf.

Viele Jahre gingen ins Land. Immer wieder hatte der eine oder andere Recklinghäuser versucht, der schönen Marie das Geschäft durch falsche Anschuldigungen zu ruinieren. Doch alle Versuche, sie als Betrügerin zu denunzieren entpuppten sich als haltlose Vorwände und verliefen im Sande. Dazu hatte die Jungfer über ihre Zugehörigkeit zu den einflussreichsten Familien der Stadt und durch ihre fromme Gesinnung in den verantwortlichen Kreisen einen zu guten Leumund, und sie war auch viel zu klug, um die Ränke nicht zu durchschauen. Sie kannte die Gesetze, wusste ihre Lücken so zu nutzen, dass sie sich immer im legalen Bereich bewegte. Sie war redegewandt und mit ihrem strukturierten Denken war sie den eher emotional gesteuerten Denunzianten deutlich überlegen. Keiner war ihrem Intellekt gewachsen.

Aus den Köpfen der Nachbarn konnte sie die üble Nachrede jedoch nie ganz vertreiben. Wenn sich ein negativer Gedanke einmal festgesetzt hat, ist er nur schwer wieder zu tilgen. Es bleibt immer etwas zurück. So eben auch der Vorwurf, sie hätte mit falschen Gewichten betrogen.

Im Laufe der Jahre stieg nach und nach Verbitterung in ihr auf. Das Leben hatte ihr einen Streich gespielt. Gott hatte ihr einen schönen Körper und einen klaren Geist gegeben. Durch die Geburt als Tochter eines Juristen und einer Geschäftsfrau hatte sie die Möglichkeit erhalten, selbst in äußerst schwierigen Zeiten reich zu werden. Durch Fleiß und Selbstaufgabe hat sie dieses Ziel erreicht. Doch zu welchem Preis? Kein Mann begleitete sie durch ihr Leben. Keine Kinder bereicherten ihr Haus. Was ist der größte Reichtum Wert, wenn er nicht an das eigene Fleisch und Blut weitergegeben werden kann? Aber sollte sie ihr Vermögen irgendwelchen fernen Erbschleichern überlassen?

Bei ihren häufigen Besuchen in Sankt Peter legte sie immer reichlich in den Korb, spendete regelmäßig für kirchliche Zwecke, und auch die Jesuiten, die zu ihr kamen erhielten großzügige Zuwendungen zur Verwendung in ihrer Missionsarbeit. Doch das sahen die Nachbarn nicht. Und wer das Geld nicht selbst in den Händen hält, dem steigen Neid und Missgunst zu Kopfe.

Einige Jahre vor ihrem Tod, nach einem langen und arbeitsreichen Leben hatte die Juffer Prinkernell ein solches Vermögen an Geld und Grundstücken angehäuft, dass aus den entferntesten Städten vermeintlich verschollene Verwandte auftauchten und sich in Recklinghausen niederließen. Menschen, von denen sie nie etwas gehört hatte und die sich nun als Großnichte oder Großneffe vorstellten, schlichen katzbuckelnd um die steinreiche Frau herum. Auf eine Demenz spekulierend und immer in der Hoffnung auf eine Erwähnung im Testament teilten sie schon im Geiste die Reichtümer unter sich auf.

Doch die Prinkernell hatte ihr gesamtes Hab und Gut bereits Jahre vorher verschenkt. Aus ihrer großen Frömmigkeit heraus hatte sie ihren gesamten Grundbesitz den Jesuiten übereignet, die für eine Festigung der katholischen Lehre im Vest Recklinghausen sorgen sollten. Für sich selbst hat sie sich nur den notdürftigen Unterhalt für ihren Lebensabend erbeten, und nach ihrem Tod sollte ihr ein ordentliches Begräbnis gewährt werden.

Als sie Ende 1702 verstarb, sorgte ein Jesuit, der inzwischen in das Haus eingezogen war, dafür, dass sie nicht einfach auf dem Friedhof nahe der Kirche, sondern aufgrund ihrer frommen Großzügigkeit und ihres frommen Lebenswandels als herausragende Persönlichkeit direkt in Sankt Peter beerdigt wurde. Ihr ursprünglicher Förderer war bereits einige Jahre vor ihr verschieden, aber ein jüngerer, in Recklinghausen geborener Pater, der ihretwegen dem Orden beigetreten war, hatte dessen Werk weitergeführt.

Beim Verlesen ihres Testaments erbleichten all diejenigen, die sich zumindest einen kleinen Anteil des Schatzes erhofft hatten. Die Enttäuschung über die vermeintliche Unverschämtheit und den Verrat der alten Hexe wich im Laufe der Zeit einer stillen Wut. Doch konnte man ihr nun nichts mehr anhaben. Sie war weg. Ebenso wie all das viele Geld.

Eines späten Herbstabends wankte einer der enttäuschten Erbschleicher von der Schänke durch die einsetzende Dunkelheit nach Hause. Es pfiff ein scharfer Wind um die Häuser und ein Nebelhauch reflektierte wohl ein letztes Licht, das geheimnisvoll durch eine Gasse schimmerte. Zu Hause angekommen ging er volltrunken und wortlos zu Bett und erzählte am nächsten Morgen seiner Frau mit stockender Rede, er habe ein Gespenst gesehen.

Der Aberglaube an Übernatürliches formte damals ebenso wie der Glaube an Gott die Lebenswelt der Bevölkerung, und so nahm auch die Frau die Ausführungen ihres Mannes für bare Münze. Schnell machte diese Geschichte die Runde, und schon bald erzählte man sich, die alte Prinkernell würde durch Recklinghausen geistern. Andere bestätigten die Geschichte durch weitere vermeintliche Sichtungen. Und jahrelang traute sich des Nachts niemand mehr, die Kampstraße oder die Löhrhofstraße entlang zu gehen.

So wurde das Ansehen der ungewöhnlichen Frau im Nachhinein aus verletztem Stolz, aus Neid und Missgunst über viele Jahre hinweg dauerhaft beschmutzt.

Aber auch die Jesuiten, die nach Maries Tod in dem ehemaligen Kramladen ihre Niederlassung, die im Volksmund als *Jesuiterei* bekannt geworden ist, eingerichtet hatten, litten unter den Folgen der üblen Nachrede.

Schon immer war der Aberglaube, dieser ungeliebte Bruder des Glaubens, auch ein politisches Mittel, mit dem das Denken der Bürger beeinflusst werden konnte. Und so verwundert es nicht, dass auch einige politische Agitatoren jener Zeit dieses Mittel für Ihre Zwecke zu nutzen wussten. In diesem Fall, um den Jesuiten, deren Erbe des Prinkernellschen Anwesens einigen Mitbürgern nicht passte, das Leben schwer zu machen. Nicht ohne Grund spukte das Gespenst an der Jesuiterei herum und hielt die Bürger von diesem scheinbar zweifelhaften Ort der Habsucht fern. Nachdem also die Jesuiten sich an höherer Stelle über die Verleumdungen und Benachteiligungen durch Bürger der Stadt Recklinghausen beschwert hatten, wurde ein auswärtiger Franziskaner-Mönch von Köln aus beauftragt, sich der Sache anzunehmen, die Wogen zu glätten und dem möglicherweise aus protestantischem Gedankengut entstandenen Geist ein Ende zu setzen. Er sollte diesen Aberglauben an die durch Recklinghausen spukende Juffer Prinkernell aus der Welt schaffen und die Frau, die doch der katholischen Kirche so zugetan war, rehabilitieren.

Doch die Kölner Obrigkeit hatte nicht damit gerechnet, dass eine Idee, wenn sie sich erst einmal in den Köpfen festgesetzt hat, nicht so einfach auszulöschen ist. So war alles, was dem Abgesandten in gegenreformatorischer Mission gelang, die „Verbannung" des Gespenstes in den Emscherbruch, in dem es nun nach Belieben erscheinen konnte. Denn diese Gegend war damals noch nahezu unbesiedeltes Sumpfland.

Die Erinnerung an das Hirngespinst blieb in den Köpfen der Recklinghäuser jedoch erhalten. Noch lange erinnerte man sich an die Mär vom Gespenst der betrügerischen und geizigen alten Jungfer. Und so mancher, der nach einer all zu fröhlichen Silvesterfeier durch die beängstigende Dunkelheit der unbeleuchteten Gassen nach Hause wankte, berichtete von einer Begegnung mit der Juffer Prinkernell. Sie erschien angeblich den Zechern immer an der Ecke Kampstraße und Löhrhofstraße; ganz in der Nähe ihres ehemaligen Kramladens und der späteren Jesuiterei.

Neid und Missgunst haben also dazu geführt, dass die Erinnerung an eine fleißige, unabhängige und für das einfache Volk überfromme Frau erhalten blieb.

Als man im Jahr 1801 das ehemalige Prinkernellsche Anwesen mit all seinen zugehörigen Ländereien zugunsten des städtischen Schulfonds veräußerte, wurde ihre fromme Stiftung auf Umwegen erhalten. Denn so lebt die Prinkernell einerseits zwar in einer Volkserzählung als böser Geist, andererseits aber im städtischen Schulwesen als achtenswerte Förderin weiter, während die Namen der missgünstigen Neider, der politischen Intriganten und der religiösen Eiferer schon lange vergessen sind.

Ferdinand Churfürst zu Cölln,
Hertzog in Bayern.

Ferdinand von Bayern (*1577, +1650), von 1612 bis 1650 Kurfürst und Erzbischof
von Köln und damit auch Gebieter über das Vest Recklinghausen. Er ging auf
das Jesuitengymnasium in Ingolstadt und sorgte in den ersten 10 Jahren des
30-jährigen Krieges dafür, dass das Vest Recklinghausen von Kriegshandlungen
weitgehend verschont blieb. Mit dem Eintritt Schwedens in den Krieg änderte
sich das dann. Er verschärfte auch die Gesetze zur Durchführung von Hexen-
prozessen, was den Einsatz der Folter erleichterte und sein Herrschaftsgebiet in
der Folge zu einem der Zentren unmenschlicher Grausamkeiten werden ließ.
Sein Nachfolger war ab 1651 Maximilian Heinrich von Bayern (*1621, + 1688),
der ebenfalls die Jesuiten, aber auch die Franziskaner förderte. (s. S. 50)

Der Hochwürdigste Fürst und Herr, Herr
Maximilian Henrich, Ertz-Bischoff zu Cölln, deß
H. Römischen Reichs durch Italien Ertz-Cantzler und Churfürst,
Bischoff zu Hildeßheimb und Lüttig, Administrator deß Stifftes
Berchtesgaden, inn Ober- und Nieder Bayern, auch der Ober-Pfaltz
inn Westphalen zu Engern, und Bullion Hertzog, Pfaltzgrav bey
Rhein, Landgrav zu Leuchtenberg, Margrav zu Franchimont.

Cum Privileg: S.C.M.   Casp: Merian Excudit:

Maximilian Heinrich von Bayern (*1621, + 1688)

[...] Es ist wahr, die menschliche Seele hat wunderliche Falten.

Miguel de Unamuno

Verdammnis

Die Gasse, an der unser altes Haus liegt, ist schmal. Wenige Meter trennen es von der Stadtmauer. Still und in scheinbarer Furcht versteckt es sich in der feuchten Dunkelheit zwischen den anderen Gebäuden, die ihre Giebel der Straße zu neigen und sich unter dem alles durchdringenden Herbstregen zu ducken scheinen. Das einförmige Prasseln der Tropfen auf den groben Steinen der Gasse und das leise Rauschen der unendlichen Wasserfäden auf dem Dach mahnen die Bewohner Recklinghausens, den Fuß nicht vor die Tür zu setzen. Etwas unbegreiflich Böses könnte den nächtlichen Zecher heimsuchen, ihm in die Seele greifen und ins glutheiße Inferno der Hölle reißen. Mütter ziehen am Abend, wenn die Nacht damit beginnt ihren schwarzen Mantel über die Welt zu decken, ihre Kinder von den Fenstern, damit der Schrecken der Nacht nicht schon ihre jungen Seelen verderben kann. Denn so, wie sie im Leben war, so soll die böse Jungfer Prinkernell auch als Geist nach den Reichtümern der Menschen gieren. Doch sind es nicht mehr die Reichtümer des Besitzes nach denen sie strebt. Nun sollen es wohl die Reichtümer der Seele sein: Die Unschuld der Kinder, das Mitgefühl der Barmherzigen und die Hingebung der Liebenden. Denn im Leben soll sie all diese Reichtümer nie besessen haben. Ja, sie soll reich gewesen sein. Unsagbar reich sogar. Doch wie glücklich macht der Reichtum der Dinge? Ist es nicht eher der Reichtum der Seele, der den Menschen zum Menschen macht? Die Recklinghäuser Bürger glauben, dass sie auch heute noch, so viele Jahre nach ihrem sanften

Tod, als schreckliches Gespenst in Recklinghausen umgeht, weil sie angeblich ein böser Mensch war, der im Leben betrogen habe und nun zur Strafe keine Ruhe fände.

Ich weiß es besser.

Ich selbst bin nie ein abergläubischer Mensch gewesen. Die Geschichten, die über Marie heute erzählt werden, können mich nicht schrecken. Denn ich kannte sie gut. Ja, ich liebte sie sogar. Doch war es mir im Leben nie vergönnt, ihre Liebe zu erfahren. Nie hat ein Mensch ein reineres Herz, ein fleißigeres Wesen und einen klareren Geist besessen, als Marie. Wie sehr ich in jenen Tagen unserer Jugend unter ihrer Schönheit, ihrer Anmut und ihrer Wohlgestalt litt, kann niemand erahnen, der nicht wenigstens einmal hoffnungslos verliebt gewesen ist. Das mag befremdlich klingen, doch sie war jedem jungen Manne gegenüber scheinbar unnahbar. Aber gerade diese Unnahbarkeit machte sie um so reizvoller für mich, stachelte mich an, brachte mein ganzes jugendliches Denken und Fühlen völlig durcheinander.

Und damit war ich nicht allein.

Jeder junge Mann der Stadt besuchte den Kramladen ihrer Eltern, um auch nur einen flüchtigen Blick auf dieses engelsgleiche Wesen mit den dunklen, zu zwei Zöpfen geflochtenen Haaren werfen zu können, das dort im hinteren Teil des Geschäftes am Spinnrocken saß und die feinsten Fasern für das feinste Tuch in ganz Recklinghausen spann. Wie geschickt sie den Faden führte und durch die Finger laufen ließ, mit welcher Anmut sie die groben Stellen der Wolle glättete und wie betörend sie den Blick über die Schulter werfen konnte, ohne den Faden zu verlieren, das machte ihr kein anderes Mädchen in der Stadt nach. Wenn wir jungen Burschen den Kramladen betraten, konnten wir beim Anblick dieser Aphrodite nur noch stammeln.

Ihr Vater, ein frommer Mann, der selbst in schwersten Pest- und Kriegszeiten stets die heilige Messe am Sonntag zu besuchen pflegte, hatte unter enormen Anstrengungen und Entbehrungen, die der schreckliche Krieg uns allen auferlegte, den Kramladen seiner verstorbenen Frau mit den allernötigsten Dingen des täglichen Bedarfs weitergeführt und sich nebenher als Rechtsberater einen bedeutenden Namen gemacht. Dank juristischer Kenntnisse und dank seiner Frau, die das Geschäft vor ihrem Tod hervorragend zu führen verstand, schafften die Prinkernells es gemeinsam, sich eine brauchbare Grundlage für eine Familie zu erwerben. Als seine Frau nach der Geburt eines Sohnes am Kindbettfieber verstarb, führte Hermann im Andenken an sein geliebtes Weib den Laden allein weiter. Er sah in Marie, die seiner viel zu früh verstorbenen Frau so sehr ähnelte, seinen Lebensinhalt. Sie sollte einmal etwas ganz Besonderes werden.

Ich muss nun endlich, da ihr Tod schon so weit in der Vergangenheit liegt, auch mit meinem eigenen Gewissen ins Reine kommen, innigst darauf hoffend, Vergebung und Erlösung zu erlangen. Wer schon einmal das traurige Opfer zurückgewiesener Liebe gewesen ist, weiß, welche Dämonen in einem verschmähten jungen Manne aufsteigen können. Tausend kleine Teufel nagen und sägen am Ehrgefühl, pflanzen Bilder von Tod und Verderben vor dem inneren Auge auf und machen aus dem ehemals fürsorglich Liebenden einen rasenden Irren, dem nichts mehr heilig ist.

Das Unheil begann an einem schönen Sommersonntag. Ich war meiner in ein hochgeschlossenes schwarzweißes, etwas altmodisches Kleid gewandeten Angebeteten und ihrem Vater über die schmutzige Breite Straße und den Marktplatz bis Sankt Peter gefolgt. Nachdem ich im hinteren Teil der Kirche die Messe besucht hatte, war ich den beiden frommen Büßern anschließend wieder nachgegangen, immer in der Hoffnung, ein privates Wort mit Marie reden zu können, ohne dass ihr Vater zugegen sei. Auf dem Marktplatz, genau vor dem Rathaus, drehte sich Marie um, sah mich kurz an und sagte dann ein Wort zu ihrem Vater. Er kam auf mich zu und erklärte mir in vorsichtig gewählten Worten, dass Marie darum bitte, ihr mit Rücksicht auf Anstand und Sitte in der Öffentlichkeit nicht nachzulaufen. Die weiteren Worte hörte ich schon nicht mehr.

Denn in diesem Augenblick fiel ein roter Schleier über meine Augen, zwischen meinen Ohren entbrannte ein beißendes Feuer, mir wurde flau im Magen und die Beine schienen plötzlich aus Haferbrei zu bestehen. Ich weiß nicht, wie lange ich dort gestanden habe. Dutzende von Kirchgängern schlenderten über den aufgewühlten Platz an mir vorbei und sahen mich, den jugendlichen Tor, von oben herab mit einem mitleidigen Lächeln an. Dieser Augenblick, diese Worte und die Reaktionen der Passanten stießen ein glühendes Schwert in mein Herz und zerhackten meine Seele in brennende Fetzen.

Liebe und Hass wohnen nah beieinander und sind nur durch eine hauchfeine Wand aus zartestem Papier getrennt. Die Zurückweisung durch die einzige Frau, die ich jemals in meinem Leben so innig begehrt hatte, zerteilte diese zarte Barriere und ich stürzte nun blindlings auf die falsche Seite und hinab in die dunkle Tiefe der Verderbnis. Meine Liebe schlug um in Hass und Verachtung, und ich sah von diesem Moment an das tückische Weib nur noch als verabscheuungswürdige Hexe. Das sollte sie mir büßen. Eine solche, gerade in der Öffentlichkeit auf mich geladene Schmach konnte und durfte nicht ungesühnt bleiben. In diesem Augenblick widmete ich mein Leben der Rache.

Ein offener Angriff jedoch kam nicht in Frage. Ein Unrecht ist schließlich nicht gesühnt, wenn die Folgen der Sühnetat auf den Rächer zurück fallen. Die Rache musste über einen langen Zeitraum und still erfolgen. Und erst ganz am Ende sollte sie erfahren, wem sie dies zu verdanken hatte. Leiden sollte sie, wie sie mich leiden ließ.

Der Krieg brachte viele Wendungen und die Truppen der unterschiedlichen Besatzer wüteten grausam unter der Bevölkerung. Niemand wusste mehr so recht, wer Freund oder Feind sei. Denn alle Soldaten verhielten sich gleichermaßen peinigend gegen uns. Dazu kam, dass zu dem Zeitpunkt, als ich ungefähr fünfzehn Jahre alt war, erneut die Pest über die Stadt kam und die Hälfte der Recklinghäuser Bevölkerung dahinraffte. Es war ein Wunder, dass Marie und ihr Vater verschont blieben. Gott hatte wohl ein Einsehen mit der frommen und fleißigen Familie. Auch ich selbst wurde verschont. Allerdings starb meine Mutter an der verfluchten Seuche. Mein Vater hatte das Glück, sie zu überleben, aber auch nur, um wenige Monate nach der Genesung der Willkür und der Wut betrunkener Soldaten zum Opfer zu fallen. Ich war also bereits mit 15 Jahren allein, wohnte bei meinem Oheim und war begeistert von Marie, die mich aber, wie berichtet, in meinem siebzehnten Lebensjahr so schmählich zurückwies.

In den folgenden Jahren begegnete ich ihr freundlich, aber distanziert. Dennoch kribbelte es in meinem Nacken und in meinem Bauch, wenn ich sie sah. Ich lächelte ihr freundlich zu, und ich weiß nicht, ob sie merkte, dass ich nur lächelte, weil ich daran dachte, wie ich sie quälen konnte.

Sie lächelte freundlich zurück, bediente mich im Laden zuvorkommend, schnitt für mich, obwohl die Zeiten schwer waren, immer ein wenig mehr vom Tuch ab, ließ mir beim Mehl immer ein wenig mehr in den Tiegel fallen. Wir sprachen miteinander wie Freunde, ja, sogar wie sehr gute Freunde. Doch in meinem Inneren brodelte es. Die Kränkung und Erniedrigung, die sie mir hatte zuteil werden lassen, hinterließ eine so tiefe Wunde, dass ich nicht wusste, ob sie zu Lebzeiten jemals wieder heilen würde.

Ihr Vater, ein gebildeter und einflussreicher Mann frömmster Gesinnung unterwies sie in den Künsten des Schreibens und Lesens, brachte ihr diplomatisches Geschick in Verhandlungen bei und bereitete sie auf ein Leben als fromme und zielstrebige Geschäftsfrau vor. Marie stellte sich dabei so geschickt an, dass sie in kürzester Zeit das Geschäft allein führen konnte. Die Frömmigkeit sah ich zu jenem Zeitpunkt noch als Fassade, die es ihr zusammen mit dem Vermögen das ihr zur Verfügung stand, ermöglichte als eine allseits respektierte und unantastbare Frau zu gelten. Dies war in jener Zeit eine der wenigen wirksamen Möglichkeiten, einer Anklage als Hexe vorzubeugen. Auch einer Schändung durch Soldaten ist sie trotz ihrer betörenden Erscheinung glücklicherweise entgangen.

Die anderen jungen Frauen der Stadt hatten leider nicht ganz so viel Glück. Neid und Missgunst verbreiteten sich unter den Unglücklichen gegenüber jenen, die vom Schicksal ein besseres Los erhalten hatten. Dies war für mich die beste Gelegenheit, meiner Widersacherin einen ersten Stich zu versetzen. Bietet eine derartige Stimmung doch den allerbesten Nährboden für Verleumdungen. Ich ließ im Vorbeigehen wie zufällig eine Bemerkung fallen, sie verhielte sich meiner Meinung nach wie eine verklemmte Männerhasserin. Ein solches Wort musste in der aufgeheizten Stimmung der Funke sein, der ein Lauffeuer entfachte. Die Menschen brauchten ein Opfer für ihren Neid. Jemand musste der Sündenbock sein. Und tatsächlich sah kaum zwei Wochen später jedes junge Weib in Recklinghausen die eigentlich liebenswürdigste Frau der Stadt mit einem abweisenden Blick an.

Mein erster Stich saß.

Als schließlich zwei Jahre nach dem furchtbaren Krieg die schwedischen Truppen die Stadt verließen, war von unserem schönen Recklinghausen nicht mehr viel übrig. Viele Häuser lagen in Ruinen, die Reichtümer von Sankt Peter waren geraubt, und der Krieg hatte die Bevölkerung ausgeblutet. Mehr als die Hälfte der Menschen war an der Pest gestorben, von den einquartierten Soldaten getötet oder geschändet worden oder war einfach verhungert, weil nichts mehr von den heuschreckenartigen Besatzungstruppen zurückgelassen worden war, womit man eine Familie ernähren konnte. Vor der Stadtmauer gab es nur vewüstete Felder. Kühe und Schweine waren von den einquartierten Soldaten aufgefressen, von den vorüberziehenden Trupps mitgenommen oder einfach von ihnen abgeschlachtet und liegen gelassen worden. Not und Elend herrschten im ganzen Vest. Doch den Prinkernells ging es gut. Sie hatten es auf wundersame Weise geschafft, ein kleines Vermögen durch die furchtbaren Jahre zu retten. Ihr Haus war seltsamerweise nicht zerstört worden. Marie wurde trotz Einquartierung nie von Soldaten berührt. Nur wenige Familien besaßen dieses Glück und dieses Geschick. Durch die Zugehörigkeit zu den einflussreichsten Familien der Stadt hielt auch nach dem Kriege der gute Kontakt zu den Bürgermeistern unvermindert an. Verbindungen schaffen Verbindungen sagt man immer. Ein entfernter Verwandter des Bürgermeisters, fragen Sie mich heute, nach so langer Zeit bitte nicht mehr, in welcher Beziehung er zu ihm stand, war ein Jesuit, der eine besondere Aufmerksamkeit für Marie entwickelte. Er unterrichtete zweimal in der Woche am Jesuitenkolleg in Münster und hielt von Zeit zu Zeit im Vest feurige Reden gegen die Lutherischen. Dieser fromme Mann kehrte gern bei Prinkernells ein und verbrachte viele Stunden mit Marie.

Und ich glühte vor Zorn und Eifersucht. Jemand anderer, und dann auch noch ein Mensch, welcher der Ehe und den fleischlichen Gelüsten entsagt hatte, konnte die Privilegien genießen, die eigentlich mir zugestanden hätten. Wer kennt nicht diesen flirrenden Zustand des Geistes, wenn der innere Vulkan sich aufheizt, um dann ganz kurz vor dem Ausbruch zu stehen? Vor meinem geistigen Auge wuchs der Scheiterhaufen in höchste Höhen; ich sah den Henkersknecht wie er der bereits am Pfahl festgezurrten, sich windenden und vor Todesangst winselnden Delinquentin den Pechbesen anhängt. Und schließlich malte ich mir in teuflischer Freude aus, wie der ganze Haufen mit infernalischer Flamme lodert, wie die widerwärtige Kreatur bei lebendigem Leibe brät und verbrennt und schließlich mit einem bestialischen Schrei, der das Tremolo von tödlicher Qual und endgültiger Befreiung in sich trägt, zur Hölle fährt. Nein, das erlösende Erdrosseln vor dem Entzünden des Haufens wollte ich ihr nicht zugestehen. Meine geistige Verfassung ließ damals keinen Raum für Gnade oder Barmherzigkeit. Der Zorn brannte wie das heißeste Höllenfeuer in mir und meine Gedanken kreisten nur noch um die perfidesten Möglichkeiten der Rache.

Aber es war mir ganz und gar unmöglich, Marie der Hexerei zu bezichtigen. Denn durch ihre guten Verbindungen zur Stadtführung und dann auch noch zu einem Jesuiten, und erst recht durch ihre so deutlich zur Schau getragene Frömmigkeit war sie unantastbar. Durch ihre außerordentliche Freundlichkeit und auch durch ihre großzügige Bemessung der Waren in ihrem Laden hatte sie einen guten Rückhalt auch bei den meisten Recklinghäusern. Außerdem war gerade der Prozess gegen Trine Plumpe abgeschlossen, die durch ihre beharrliche Weigerung zu gestehen dem Scheiterhaufen entgangen war, und die damit ein Zeichen gesetzt hatte, dass eine als Hexe Beklagte der peinlichen Befragung widerstehen konnte. Das Risiko als Denunziant selbst ins Gerede zu kommen war mir einfach zu groß.

Aber es lag ja eigentlich auch gar nicht in meinem Interesse, diese falsche Seele auf den Tod zu denunzieren. Diese Aufwallung meines Gemüts war nur ein kurzes Aufkochen der inneren Säfte, wie es mich oft überkam, wenn ich eine vermeintliche Ungerechtigkeit verspürte. Nein, sie sollte im Leben Verachtung erfahren und dies auch mit allen Regungen ihres Daseins erdulden müssen. Dies empfand ich als eine größere Genugtuung als das kurze Vergnügen, sie brennen zu sehen. Ein langes Leiden, ein schweres Leben, das war es, was ich der Frau zugedachte, die es gewagt hatte, mich vor aller Welt zu erniedrigen.

Der erste Schritt war mit dem Ruf, eine Männerhasserin zu sein, getan. Ich brauchte nur etwas Geduld, und es würde sich eine neue Gelegenheit für eine Demontage ihres guten Rufes ergeben.

Ein Mann muss eine Frau haben, die ihn unterstützt und die ihm den Haushalt führt. So ist es von Gott und der heiligen Mutter Kirche gewollt. Also habe ich mir eine recht hübsche, aber weniger intelligente Frau gesucht und nach kurzer Bekanntschaft geehelicht. Hendrike war zwar ganz nett, und recht ansehnlich war sie in ihrer Jugend auch, aber es mochte nie dieses Gefühl aufkommen, das mir einen wohligen und - heute kann ich dies ohne Scham oder Reue gestehen - wollüstigen Schauer überlaufen ließ, wenn ich sie ansah. Das hatte ich nur bei Marie. Vielleicht blieb auch aus diesem Grund unsere Ehe kinderlos.

Aber Hendrike war auch das, was man eine Klatschbase nennt. Ihre Neigung, über alles und jeden zu reden, fremde Meinungen, die ihre Gefühle widerspiegeln als die eigenen anzunehmen und diese Meinung als allein seligmachende darzustellen, sowie ihr unbändiger Drang, alles Fremdartige zu verteufeln, spielte mir hervorragend in die Karten. In meiner Frau hatte ich das perfekte Werkzeug gefunden, mit dem ich gegen diese widerwärtige Männerhasserin vorgehen konnte.

Mein nächster Angriff galt ihrem Gespielen, diesem scheinheiligen Jesuiten, der sie immer mehr umspann und in seinen Bann zog. Ein Jesuit. Ha! Einer dieser Erbschleicher, dieser wollüstigen Schweinepriester, die die Häuser der Witwen zehren und zum Schein lange Gebete verrichten[18].

Die Protestanten, die trotz des Aufenthaltverbots heimlich in die Stadt kamen, hatten wohl doch Recht mit ihren Anschuldigungen, die sie gegen die Jesuiten vorbrachten.

Ich stellte Hendrike gegenüber immer wieder einmal ganz beiläufig beim Mittagessen die eine oder andere Frage über den Jesuiten und seinen Kontakt zur Prinkernell. Was er wohl so oft in ihrem Laden zu suchen hätte, und warum er immer so lange dort sei. Ob dort wohl alles mit rechten Dingen zuging? Man würde ja so viel Seltsames über die Jesuiten hören.

Viel mehr musste ich nicht tun. Hendrikes Fantasie spann unverzüglich neue Fäden um das Fragengebilde, das ich aufgebaut hatte. Und kaum war ein Monat vergangen, da kroch das Gerücht hinter vorgehaltener Hand halblaut gewispert durch die Stadt, die Prinkernell und der Jesuit hätten etwas miteinander. Er sei ein Teufelsaustreiber und Marie hätte ihn angeworben, um den bösen Geist ihrer Mutter aus dem Haus zu exorzieren. Dabei seien sie sich näher gekommen. Der bigotte Mönch habe den Dämon nicht austreiben können, sondern sei inzwischen von ihm besessen, und er liege nun bei jedem Besuch bei der Krämerin.

Doch anzeigen mochte auch ihn niemand. Zu gut war sein Leumund in den einflussreichen Kreisen, und zu viel Angst hatten die Recklinghäuser vor der Rache der mächtigen Bruderschaft. Denn die Jesuiten, das wusste man, hatten selbst den Kaiser unterrichtet und waren auch vom heiligen Vater in Rom gedeckt. Mit diesen einflussreichen Leuten wollte sich hier niemand offen anlegen.

Aber wenn der schlechte Ruf einmal in der Welt ist, wird man ihn nicht mehr los. Man tuschelte und erfand täglich neue Verwerflichkeiten, die man dem Jesuiten und auch Marie anheftete.

Auch mein zweiter Stich saß.

Die Jahre gingen ins Land und ich verbrachte mein Leben zwischen Amboss und Ehebett, ohne dass etwas besonders Nennenswertes in Bezug auf meine Rache passierte. Ich hatte Mühe, mit meiner Arbeit als Hufschmied über die Runden zu kommen.

Marie dagegen wurde mit der Zeit immer reicher. Ihre geschäftlichen Verbindungen über ausgesuchte Großhandelskaufleute nach Lübeck, Augsburg und Gent verschafften ihr die Möglichkeit, besondere Waren zu beschaffen, die andere Krämer nicht bieten konnten. Sie handelte mit den einquartierten Truppen, ganz gleich welcher Macht sie unterstanden, und machte ganz besondere Konditionen mit ihnen aus. Während in anderen Häusern geplündert wurde, blieb Maries Laden wundersamerweise verschont. Und auch die Recklinghäuser profitierten von ihrem Geschick in geschäftlichen Dingen. Nur bei ihr konnte man sonst selten gewordene Waren zu einem bezahlbaren Preis bekommen. Aber nicht nur ich sah dies aus Augen, die mit einem giftigen Schleier überdeckt waren.

Meinen nächsten Stich konnte ich in einem Jahr setzen, als der Winter besonders harte Waffen gegen uns führte. Bereits Ende Oktober schickte uns Gott derart eisige Temperaturen, dass die Fenster unseres Hauses rasch mit dicken Eisblumen geschmückt waren. Die wenigen dünnen Holzsplitter, die uns zum Heizen zur Verfügung standen, konnten die schneidende Kälte, die durch das Haus kroch, nicht vertreiben. Das Schmiedefeuer durfte ich nur mit den teuren Kohlen anheizen, wenn ein lohnender Auftrag dies rechtfertigte. Und schon Ende November schwebten die ersten kristallenen Flocken vom Himmel, legten eine dicke weiße Decke auf Dächer und Straßen, schufen eine gedämpfte Stille und pflanzten eine sanfte Lethargie in die Seelen der frierenden Recklinghäuser.

Der Boden war schließlich im Januar so hart gefroren, dass der Kirchendiener Mühe hatte, auf dem Friedhof das Grab für Marias Vater auszuheben. Es war, als sträube sich die geweihte Erde, den Mann aufzunehmen. Er war zu Titus und Timotheus an der Ruhr gestorben, nachdem ihm Gott vierundsechzig Jahre lang eine stabile Gesundheit geschenkt hatte. Er war mit der Familie rechtzeitig mit dem

Abzug der katholischen Truppen aus seiner Heimatstadt Wattenscheid nach Recklinghausen übergesiedelt, hatte die Zeiten der Pest unbeschadet überstanden, trotzte den vielen Krankheiten, welche in den Kriegsjahren von Soldaten eingeschleppt worden waren, ja, er leistete sich noch nicht einmal einen Schnupfen. Und plötzlich überkam ihn diese schnelle, tödliche Krankheit in einem Jahr, da Marie trotz aller üblen Folgen des Krieges mit ihrem Laden auf dem bisherigen Höhepunkt ihres Erfolgs schweben konnte. Das musste ein Gottesurteil sein.

Ich hatte meine Rache im Laufe der Jahre schon fast vergessen. Zu viele Alltäglichkeiten nahmen meine Aufmerksamkeit in Anspruch. Der jugendliche Groll über die schmähliche Zurückweisung war einer dumpfen Gleichgültigkeit gewichen. Der Rachegedanke war nur noch ein schwach glimmender Funke in der Asche meiner Erinnerungen. Als dann der Kirchendiener in der Schänke von seinen Mühen erzählte, den alten Rechtsverdreher unter die Erde zu bekommen, da flammte plötzlich wieder etwas in mir auf, das ich schon seit Jahren gelöscht glaubte.

Doch irgendetwas war anders geworden. Brannte damals das jugendliche Feuer mit der Glut der Hölle in allen Fasern meines Körpers, so glich es jetzt einem kleinen Herdfeuer, das man durch das Auflegen neuer Scheite kontrolliert wieder aufflammen lässt. Die Aussicht, jener Frau, die mich öffentlich gedemütigt hatte, einen weiteren stillen Stich aus dem Hinterhalt versetzen zu können, verschaffte mir nicht mehr dieses teuflische, hämische Vergügen, sie für ihren Verrat leiden zu sehen wie noch vor einigen Jahren. Vielmehr spürte ich nun so etwas wie eine zwanglose innere Verpflichtung, mein einst begonnenes Werk zu vollenden. Es waren jetzt die Lust am Spiel und die Bekämpfung der Langeweile, die mich dazu trieben, als Puppenspieler im Hintergrund die Demontage einer Mitbürgerin zu betreiben.

So einfach es in der Vergangenheit gewesen war Gerüchte zu streuen, genau so einfach war es auch jetzt noch. Die Menschen sind nun einmal sensationssüchtig und abergläubisch. Und was sie nicht verstehen, versuchen sie mit der eigenen Fantasie zu erklären. Sowieso waren Krämer und andere Händler nicht gut gelitten. Sie standen generell unter Betrugsverdacht. So war der nächste Schachzug für mich sehr einfach auszuführen. Ich musste am Tisch nur ganz unschuldig dem Kirchendiener die Frage stellen, ob die geweihte Erde den alten Juristen, der ja auch Krämer war, nicht annehmen wolle, weil seine Tochter der jesuitischen Habgier verfallen sei. Schließlich habe er sie ja an das Geschäft herangeführt und ihr beigebracht, wie man betrügt. Der Apfel fällt nun mal nicht weit vom Stamm.

Es vergingen keine zwei Wochen und man wisperte, man hätte den alten Prinkernell in ungeweihtem Boden beerdigen müssen, weil er so habgierig gewesen sei. Er habe seiner Tochter das Betrügen beigebracht und müsse dafür nun auf ewig in der Hölle schmoren. Die gleichen Leute, die noch vor wenigen Wochen scherzend und lachend mit ihm plauderten, besudelten nun sein Andenken mit den Ergüssen einer sensationshungrigen und missgünstigen Fantasie. Und niemand fragte nach, woher dieses Gerücht eigentlich stammte.

Während die üble Nachrede immer weitere Kreise zog, ergötzte ich mich an den Resultaten meiner kleinen Intrige. Doch nun begann etwas, was ich nicht erwartet hatte. Die Gerüchte entwickelten sich selbständig weiter. Offensichtlich hatte ich mit dem Hinweis auf die jesuitische Habgier zur richtigen Zeit am richtigen Ort die richtigen Worte gefunden.

Wenn ein Gerücht erst einmal läuft, dann ist es nicht mehr aufzuhalten. Die Behauptung, Marie bemesse der Obrigkeit die Waren recht großzügig, um sich dort einen Vorteil zu verschaffen, für die einfachen Bürger aber benutze sie falsche Gewichte und zu kurze Ellen, um sich an ihnen zu bereichern, drang natürlich auch bis in den Rat der Stadt und bis in die Amtsstuben der Bürgermeister vor. Das ließ die einflussreichen Kreise aufhorchen. Niemand der hohen Herren wollte sich den Vorwurf der Vorteilsnahme gefallen lassen. An einem Tag im März wurde also Marie zur offiziellen Anhörung vor den Gildenrat geladen. Sie hatte ihre Elle und ihre Gewichte dem Büttel auszuhändigen, nachdem er sich in ihrem Laden davon überzeugt hatte, dass es nur diese Messwerkzeuge dort gebe.

Ankläger wie Vorsitzende mussten jedoch feststellen, dass mit Maries Maß alles in Ordnung war. Nun war also jeder Verdacht von ihr genommen, sollte man meinen. Doch ohne dass ich noch ein Wort sagen musste, tuschelte man in der Stadt schon während der Anhörung davon, dass sie die falschen Gewichte vor dem Termin heimtückisch versteckt habe und sich auf diese Weise geschickt reinwaschen konnte.

In der Folge kauften die Recklinghäuser zwar weiter bei ihr ein, weil sie immer noch großzügig war und es nur bei ihr diese besonderen Waren gab, die man sonst nirgendwo bekommen konnte, aber man begegnete ihr nicht mehr mit derselben Freundlichkeit, die man ihr vor der Befragung geschenkt hatte. Die alten Vorurteile gegen den Berufsstand der Händler hatten neues Futter bekommen und bahnten sich nun ihren Weg mitten durch Maries Kramladen. Und man merkte immer deutlicher, dass ihr die Arbeit immer weniger Freude bereitete.

Alles lief wie am Schnürchen und mein letzter Stich saß perfekt. Er war viel stechender und viel nachhaltiger, als ich es zu träumen gewagt hatte. Und das Beste daran war, dass ich von nun an nichts mehr dazu tun musste, sondern einfach nur zusehen brauchte, wie sich die Menschen das Maul zerrissen und Marie das Leben erschwerten.

Doch irgendwie vermochte es mich nicht mehr so richtig mit Genugtuung zu erfüllen, Marie leiden zu sehen. Je mehr sie zu leiden hatte, um so mehr Zweifel kamen in mir auf. Hatte ich Recht gehandelt, sie derart in Verruf zu bringen? War es die damalige Zurückweisung wert, von mir so gerächt zu werden? Ich hatte mein Leben trotz der damals erlittenen seelischen Pein doch in einiger Zufriedenheit leben können. Ich hatte eine Frau gefunden, einen Beruf ergriffen und ich hatte trotz der schweren Zeiten irgendwie mein Auskommen gehabt. Und lange Zeit hatte ich auch nicht an das jugendliche Erlebnis gedacht.

Nun aber hatte sich meine Intrige verselbständigt und ich konnte den Lauf der Dinge nicht mehr kontrollieren.

Dann wütete in der Stadt nach vielen Jahren abermals eine Feuersbrunst. Am Steintor, wo die Häuser eng beieinander standen, hatte sich der rotgelb leuchtende Teufel nach langer Zeit einmal wieder gezeigt und verzehrte viele Häuser. Alle Bürger halfen mit, den Brand einzudämmen, damit er nicht wieder die Gelegenheit erhielte einen großen Teil unserer Stadt in Schutt und Asche zu legen. Auch Marie half mit. Sie versorgte die Helfer mit allem Nötigen, gab dem einen oder anderen Mitbürger Unterkunft in ihrem großen Haus, und sie spendete schließlich einen nicht unerheblichen Betrag zur Wiedererrichtung der abgebrannten Gebäude. Doch auch dieser Einsatz für das Gemeinwohl konnte die Mitbürger nicht davon überzeugen, dass sie es mit ihrer frommen Fürsorge ernst meinte.

Als ihr Mentor, der Jesuit, zu dem sie einen so guten Kontakt pflegte, bei den Löscharbeiten in einem Haus von einem niederstürzenden Balken tödlich getroffen wurde, sahen einige Mitbürger dies als ein Gottesurteil an. Ihrer Meinung nach erhielt der böse Gottesmann, der den Herrn und die Menschen angeblich auf so schändliche Weise hintergangen hatte, damit seine gerechte Strafe. Und was Marie anging, sahen sie die Hilfe, die sie leistete, als vergeblichen Versuch, sich von ihren Sünden frei zu kaufen.

Niemand weiß, ob Gott bestechlich ist. Bei Menschen jedoch ist der Fall ganz klar. Vordergründig sind sie Opportunisten, wenn man ihnen gibt, was sie benötigen. Sie sind nett und freundlich, wenn sie das bekommen, was sie verlangen. Doch fallen sie genau so schnell von ihrer positiven Einstellung wieder ab, wenn der Strom der Zuwendungen versiegt.

Marie musste nach dem Brand und nach ihrer ausgiebigen Hilfe wirtschaftlich sehr streng haushalten. Sie hatte viel Geld für den Wiederaufbau bereitgestellt, wofür sie von den Gilden, vom Rat der Stadt und von den Bürgermeistern hoch gelobt und mit großen Ehren bedacht wurde.

Allerdings führte ihre Selbstlosigkeit dazu, dass sie von nun an kaum noch den Armen, die allenthalben bei ihr anklopften, und die bisher auf ein kleines Almosen hoffen konnten, etwas geben konnte. Schnell verbreiteten die abgewiesenen Bittsteller das Gerücht, die alte Vettel sei geizig, sitze auf ihrem Geldsack und brüte neues Geld aus, um sich am Gold und an ihrer eigenen Habgier zu ergötzen. Meine alten Vorwürfe gegen sie tauchten aus dem Nebel der Erinnerungen auf und machten die Runde.

Hendrike konnte nicht mehr daran teilhaben. Sie war bereits einige Jahre vor dem Feuer an einer schlimmen Infektion gestorben, nachdem sie sich einen rostigen Nagel eingetreten hatte. Da wir in Recklinghausen zu jener Zeit keinen verlässlichen Wundarzt hatten, hätten wir zur Behandlung nach Werne reisen müssen. Und selbst wenn wir die Möglichkeiten zu dieser Reise gehabt hätten, fehlte uns das Geld für die Behandlung. So blieb uns nichts anderes übrig, als die Wunde mit den Kräutern aus dem eigenen Garten zu behandeln. Leider ließ sich die Wunde auf diese Weise nicht heilen und der böse Brand zog meiner Frau ins Herz. Sie starb an einem sonnigen Sommersonntag. Die Glocken von Sankt Peter riefen die Gläubigen zur heiligen Messe. Für Hendrike war es der Ruf ins ewige Reich des Herrn. Mag ihr von Herzen eine fröhliche Auferstehung beschieden sein.

Nach der Beerdigung trauerte ich, wie es vorgeschrieben war. In dieser Zeit gingen meine Gedanken oft zurück in die Vergangenheit. Ich malte mir vor dem geistigen Auge aus, wie mein Leben verlaufen wäre, wenn Marie mich nicht abgewiesen hätte. Hätten wir geheiratet? Hätte ich ihren Ansprüchen genügen können? Hätte sie auch als Frau eines Hufschmieds die Persönlichkeit werden können, die sie geworden war? Geachtet von den einflussreichen Kreisen, verleumdet und gemieden von den einfachen Leuten? Sicher nicht. Ich selbst war mir nicht mehr sicher, ob ich richtig gehandelt hatte. Die Weisheit und Milde des Alters ließen mich immer eindringlicher an meinen eigenen Taten zweifeln.

Mit dem Brand in der Stadt jedoch traten diese Gedanken zunächst einmal in den Hintergrund. Es war Wichtigeres zu tun, als über vergossene Milch zu jammern. Erst als es Marie schlechter ging, dachte ich wieder an die alten Geschichten.

Nun besuchte ich sie des Öfteren in ihrem Kramladen. Während Hendrike noch lebte, hatte ich den näheren Kontakt zu Marie gemieden, um nicht ins Gerede zu geraten. Nun waren wir ungewöhnlich alte Leute geworden, die nicht mehr all zu viel auf das Gerede der anderen achten mussten.

Jedesmal, wenn ich zu ihr ging, dachte ich daran, ihr zu gestehen, dass ich es gewesen bin, der ihr so viel Verdruss bereitet hat, dass ich die bösen Gerüchte gestreut hatte. Doch dann saß ich der alten, trotz der vielen Jahre, die sich in ihrem Antlitz widerspiegelten, immer noch attraktiven Frau gegenüber und der Mut ließ mich mit ihr und einer nagenden, immer mehr in mir aufsteigenden Seelenpein allein. Dennoch scherzte und lachte ich mit ihr, wie wir es damals taten, nachdem sie mich abgewiesen und ich sie im Laden ihres Vaters besucht hatte. Nur hatte ich jetzt nicht mehr den Hintergedanken ihr zu schaden. Jetzt quälte mich mein Gewissen, dass ich es ihr so schwer gemacht hatte.

Natürlich ließ ich sie nichts davon spüren oder wissen. In meinem Verhalten versuchte ich, ihr der gute Freund zu sein, den sie damals an Hendrike verloren hatte. Ich wusste, dass sie inzwischen noch unerreichbarer für mich geworden war als in unserer Jugend. All die Jahre hatten uns voneinander entfernt. Seltsam fand ich allerdings, dass wir uns trotz dieser Entfernung, trotz der vielen Jahre, die zwischen damals und heute lagen, so scheinbar unbeschwert unterhalten konnten.

Ungefähr sechzehn Jahre nach dem Stadtbrand überkam sie eine unerklärliche Schwäche. Sie ließ an einem Tag im November nach mir und nach dem Jesuiten rufen, der inzwischen in ihrem Haus wohnte und erklärte uns, dass sie gerade jetzt ihr Ende kommen spüre. Sie wolle vor mir und dem Jesuiten eine Beichte ablegen, bevor sie dies nicht mehr könne.

Es war mir unerklärlich, warum sie gerade mich bei dieser letzten Zusammenkunft sehen wollte. Und ich konnte mir nicht denken, was sie mir zu beichten hätte. Vielmehr hätte ich doch eigentlich ihr etwas beichten müssen. Doch dazu fehlte mir angesichts ihres bedauernswerten Zustandes der Mut. Ich wollte sie nicht entmutigen. Inzwischen war sie mir wieder sehr ans Herz gewachsen. Es betrübte mich sehr, sehen zu müssen, wie ihre Augen langsam ihren wundervollen Glanz verloren und wie der Tod unbarmherzig immer stärker an ihrem Lebensfaden sägte.

Was sie dem Jesuiten, der den Platz ihres im Feuer verstorbenen Freundes eingenommen hatte beichtete, konnte ich nicht genau hören, weil sie schon sehr leise sprach. Nur so viel konnte ich verstehen, dass sie hoffe, die Jesuiten würden eine Niederlassung in Recklinghausen gründen, um den Menschen von dort aus die Lehren der richtigen Religion zu vermitteln und ihnen Trost und Hilfe zu geben. Der Jesuit versprach ihr, diesen Wunsch zu erfüllen.

Als sie sich an mich wandte, war der Funke in ihren Augen schon schwach. Und auch ihre Stimme war nur mehr ein Hauch im Wind. Ich musste ganz nah mit meinem Ohr an ihren Mund heran, um zu verstehen, was sie mir sagen wollte.

Ich erschrak innerlich, als ihre leisen Worte, die nur ich verstehen konnte, in mein Bewusstsein drangen. Und als sie für immer die Augen schloss, brannte es zwischen meinen Ohren, als sei ich ein siebzehnjähriger Jüngling, dem die angebetete Schönheit gerade eröffnet hat, dass sie nicht mehr von ihm belästigt werden möchte. Mir schwirrte der Kopf. Mir wurde flau im Magen. Hätte der Jesuit mich nicht gestützt, wäre ich am Totenbett meiner alten Weggefährtin bewusstlos auf den Boden gestürzt. Er setzte mich auf einen Stuhl und holte mir einen Becher Wasser.

Ich weiß nicht mehr genau, was in den folgenden Stunden geschah. Zu sehr war ich mit Maries letzten Worten beschäftigt. Sie pflanzten Verbitterung, Verzweiflung und Verachtung in meine Seele. Verachtung für mich selbst, für meine Dummheit und meine Verblendung, die so viele Jahre überdauert hatten. Diese wenigen letzten Worte ließen ein vergeudetes Leben an mir vorbeiziehen. Ein Leben das von einer tauben seelischen Leere und von der trockenen Zuneigung zu einer zwar hübschen, aber simplen Frau geprägt war. Erst jetzt, durch die Worte einer Sterbenden, wurde mir klar, dass ich durch ein dummes jugendliches Missverständnis und durch meine sture Verbohrtheit nicht nur mein, sondern auch ihr Leben weggeworfen hatte. Meine Gedanken drehten sich immer um diesen einen Augenblick der Vergangenheit, in dem ich auf dem Marktplatz stand und aus purer Dummheit heraus die Grundlage für ein Leben voller Hass und Missgunst gegenüber der Frau legte, die mich als einzige wirklich geliebt hatte.

Ich kann mich nicht daran erinnern, wie ich von Maries Haus aus bis zum Paulsörter gekommen bin. Jemand muss mich begleitet haben. Denn als ich zusammenbrach, hörte ich noch eine weibliche Stimme um Hilfe rufen. Ich spürte den Krampf in meiner linken Seite und den schrecklichen Schmerz, der sich von der Brust aus in den linken Arm erstreckte. Mir wurde schwindelig. Ich stürzte. Dann war auf einmal alles still. Die Stimmen um mich herum klangen gedämpft und seltsam unverständlich. Ich sah mich selbst auf dem kalten, schlammigen Weg liegen. Menschen versammelten sich, Nachbarn schienen zu klagen.

Es trieb mich fort. Ich wollte zu Marie. Mich für alles entschuldigen, was ich ihr angetan hatte. Allerdings fiel mir die Orientierung schwer. Schließlich fand ich ihr Haus. Ich weiß nicht, wie lange ich für den Weg dorthin gebraucht habe. Ich muss Jahre über Jahre im Kreis umhergeirrt sein. Denn oft sah ich des Nachts Menschen sich erschrecken und weglaufen, wenn ich ihnen begegnete.

Erst Ihr, frommer Bruder, lauft nicht vor mir davon. Ihr habt meine Geschichte gehört und werdet mir sicher sagen können, wo ich Marie finden kann. Jene Frau, die vor so langer Zeit gestorben ist und der ich mein Seelenheil geopfert habe.

Jedem, der Macht in irgend einem Grade besitzt, kann der Gedanke nie lebendig und heilig genug vor dem Sinn schweben, daß er nur ein anvertrautes Gut verwaltet, [...]

Edmund Burke (1729 - 1797)

Bürgermeister von Recklinghausen im 17. Jahrhundert[19]

„[...] Bis zum Anbruch des 19. Jahrhunderts herrschte das sogenannte Annuitäts- und das Kollegialitätsprinzip: In der Regel teilten sich zwei Bürgermeister das Amt einvernehmlich für ein Jahr, vielfache Wiederwahl jedoch nicht ausgeschlossen. Die unentgeltlich arbeitenden Bürgermeister stammten in der Regel aus der reichen kaufmännischen Oberschicht [...] Erst ab 1815 setzte sich der Typus des fachlich versierten, größtenteils hauptamtlich tätigen Einzelbeamten durch.
[...]

1600/1602	Johan von Westerholt - Melchior Hegger
1603/1609	Johan von Westerholt - Gerhard Ophoff
1610/1611	Johan von Westerholt - Melchior Hegger
1612	Johan von Westerholt - Ludwig von Landen
1613/1616	Melchior Hegger - Gerhard Uphoff
1617/1618	Gerhard Uphoff - Lic. Johan Horst
1619	Lic. Johan Horst - Melchior Schlüter
1621	Melchior Schlüter - Bernhard Ophoff
1622/1623	Melchior Schlüter - Herman Teile
1624	Niclas Saurlender
1625/1626	Joohan Rive - Heinrich Schlüter
1627	Reiner von Westerholt - Heinrich Schlüter
1628	Henrich Schlüter - Niclas Saurlender
1629	Reiner von Westerholt - Franz Schlüter
1631	Dr. Johan Horst - Heinrich Schlüter
1632	Reiner von Westerholt - Henrich Schlüter

1633   Reiner von Westerholt - Arnold Schaumburg
1634/1635 Arnold Schaumburg - Niclaus Boeker
1636/1638 Arnold Schaumburg - Adolf Porte
1639/1641 Arnold Schaumburg - Jobst Uphoff
1642/1643 Arnold Schaumburg - Franz Uphoff
1644   Adolf Porte - Henrich Holthoff
1645   Arnold Schaumburg - Franz Ophoff
1646/1650 Arnold Schaumburg - Johan Ophoff
1651   Arnold Schaumburg - Sanders
1652/1654 Arnold Schaumburg - Franz Ophoff
1655   Henrich Schlüter - Ludwig Schreiber
1656   Arnold Schaumburg - Franz Ophoff
1657   Johann Ophoff - Henrich Schlüter
1658   Arnold Schaumburg - Franz Ophoff
1659/1661 Henrich Schlüter - Ludwig Schreiber
1662   Franz Ophoff - Wilhelm Sauerlender
1663   Henrich Schlüter - Reiner Schmeink
1664   Ludwig Schreiber - Wilhelm Sauerlender
1665/1667 Henrich Schlüter - Wilhelm Sauerlender
1668/1670 Henricus Fabritius - Franz Sauerlender
1677   Johan Schröder - Johan Evert Mechelen
1678   Franz Sauerlender - Johan Schröder
1680/1682 Johan Evert Mechelen - Henrich Schröder
1683/1684 Jobst Werner Sander - Heinrich Horst
1685/1686 Jobst Werner Sander - Heinrich Schröder
1687/1692 Jobst Werner Sander - Jobst Ludwig Uphoff
1693/1694 Jobst Werner Sander - Heinrich Schröder
1695/1715 Jobst Werner Sander - Jobst Ludwig Uphoff
[...]"

Brachte die Frauenseelsorge besondere Schwierigkeiten und Gefahren mit sich, so entbehrte sie aber auch nicht segensreicher Früchte. Manche Frauen zeigten sich auch hier den Männern an Heroismus überlegen. Unter den Devoten in Köln starb 1671 ein Fräulein Cäcilia von Webig aus vornehmer Kölnischer Familie im Alter von 74 Jahren. Von Anfang ihres gottgeweihten Lebens teilte sie ihre reichen Einkünfte in drei Teile, einen für ihren Unterhalt, einen für die Kirche, den dritten für die Armen. Obgleich sie sich allen wohltätig erwies, spendete sie doch besonders ihre Almosen armen Studenten und verschämten Armen, die zu Hause darbten; diesen ließ sie unbekannt durch den Präses der Bürgerkongregation die Almosen zukommen. Sie selbst verfertigte zu Haus Handarbeiten und den Erlös gab sie den Armen. Ihr Haus hatte sie zu einem Exerzitienhaus für Jungfrauen eingerichtet, die sich durch die achttägigen geistlichen Übungen zu einem frommen Leben vorbereiten wollten; je mehr kamen, umso lieber war es ihr[3]. Von den Devoten in Köln wurden Kranke und Gefangene besucht, so bereiteten sie 1686 eine Kindsmörderin zu einem guten Tode vor. Den Kranken richteten sie die Betten und brachten ihnen Speisen. Zum Jahre 1675 wird von einer vornehmen Matrone erzählt, die als Magd verkleidet eine verpestete Hütte aufsuchte und eine arme kranke Frau, die sich wund gelegen und mit Ungeziefer bedeckt war, reinigte und mit allem Nötigen versorgte[4].

Aus: *Bernhard Duhr, Die Geschichte der Jesuiten in den Ländern Deutscher Zunge, Band 3, Kapitel 5 Seelsorge*

Möglicherweise hat die Prinkernell in Recklinghausen in ähnlicher Weise gelebt und gewirkt.

Mancher will in Glaubenssachen reiner sich als andre schließen;
Gut! ob's wahr, da lasse reden seinen Wandel und Gewissen.
Denn aus Wandel und Gewissen
Kann man erst den Glauben schließen.

Friedrich von Logau (1604 - 1655)

Über die Jesuiten in Recklinghausen
Eine Veröffentlichung aus dem Jahr 1894[20]

Die Jesuitenmission zu Recklinghausen
Von Theodor Esch

Zwischen der Kampstraße und dem Erlbruch liegt ein großer Garten mit einem alten Wohnhaus, welches zusammen
die »Jesuiterei« genannt wird, jetzt Eigentum des Herrn
Kaufmanns Werth. Ein altes Aktenstück, welches mir zu-
gänglich gemacht wurde, gibt über den Ursprung dieses
Namens sowie über die Geschichte der Besitzung nähere
Auskunft.
Um die Mitte des 17. Jahrhunderts lebte zu Recklinghausen ein Advokat, Hermann Prinkernell jur. doc, welcher
ziemlich vermögend war und nur eine Tochter hatte. Letztere, welche unverheiratet blieb, vermachte, nachdem der
Vater bereits seit langer Zeit tot, ihr ganzes Vermögen zu
einer geistlichen Stiftung. Hierüber lassen wir die Fundati-
onsurkunde sprechen:
Im Namen der heiligen und unzertheilten Dreifaltigkeit.
Amen.
Zu wissen sei hiermit, demnach Gott der Allmächtige mich ends-
benannten mit zeitlichen Gütern reichlich versehen hat, und ich
dann mehrmalen die göttliche Güte durch mein wiewohl unwür-
diges Gebet inständig angerufen, mir in den Sinn und Gedanken
zu geben, wohin ich doch selbe forderst zu seiner Ehr und zu
meinem Seelenheil, sodann auch meines Nächsten einige Wohl-
fahrt bestnützlich und ersprießlich anwenden, und darüber

noch vor meinem Hintritt von dieser schnöden Welt disponiren möchte, als habe endlich durch ungezweifelte Eingebung d. h. Geistes meine Gedanken dahin gerichtet, sothane meine Güter und Haabseeligkeit keinem andern als denen patribus S. J. Rheni inferioris und in specie dem damahligen R. Patri Provinciali Patri Henrico Weissweiler inter vivos sonst schenkungsweise unter den Lebendigen unwiederruflich zu vermachen, zu verschenken und zu übertragen, und das zwar sonderlich zu Unterhaltung uud Verpflegung hiesigen Missionarii oder anderen geistlichen Arbeitern aus der Societät Jesu, die welche vor andern des Seelenheils sich so nützlich bearbeiten. Inmaßen dann vorermelten Patribus S. J. uns in deren Namen dem allhier gegenwärtigen Patri Henrico Schumacher missionario S. J. auf dem S. Annenberge bei Haltern im Münsterland zu dem End mein Haab und Güter nichts ausbescheiden ungedrungen und ungezwungen bei meinem völligen Verstand aus purer lauter Liebe Gottes und meiner Seelen Heil auf meines Nächsten geistlichen Wohlfahrt kraft dieses schenkungsweise unter den Lebenden vermache, donire und übertrage auch sofort deren Eigenthum nicht allein, sondern auf deren wirklichen Besitz nach bester Form oberwähnter Societät Jesu Constitutionen oder einigerlei Satzungen, wie es ihr für gut und dienlich zur Ehren Gottes gedünken wird. jedoch mit dem Beding, daß vorbemelte begütigte die Zeit meines Lebens mir von denen ehrlichen nothdürftigen Unterhalt und Verpflegung benebens ehrliche hie gebräuchliche Begräbnißkosten hinreichen sollen contestirend und verpflichtend mich vor Gott und der ehrbaren Welt mehr erwähnte diese Schenkung und Gift unter den lebenden die Tag meines Lebens nicht zu widerrufen noch zu hinterziehen, sondern jederzeit steiffest und unverbrüchlich zu halten,im

Fall aber, dass sobald die Behausung allhie zu Recklinghausen die Mission ihren Fortgang nicht gewinnen könnte, sollen kraft dieser meiner donation inter vivos die Intraden meiner Güter zum Behuf der Missionari aus S. Annaberg bei Haltern e Soc. Jesu ad interim angewendet werden.

Ersuche hierauf noch Herrn Notarium bittend diese meine Schenkung und Vermachung unter den Lebenden neben mir mit Eurer Hand und Petschaft zu bestärken und zu befestigen. so geschehen im Jahr Tausend sechshundert neunzig zwei den 27. April in meiner Behausung in Recklinghausen.

Maria Theresia Prinkernell

Diese Stiftung wurde von dem Weihbischof (Episcopus Hieropolitanus) und General Vicar zu Cöln, Johan Heinrich d'Anethan unterm 10 März 1693 bestätigt und gutgeheissen.

Nach ihrem Tode wurde die gedachte Jungfrau in der Pfarr-Kirche vor dem Kreuzaltar beerdigt. Dies bescheinigt im Jahre 1706 vor dem Notar Pfingsthorn der oberste Küster Johan Spiekermann. Ferner gibt derselbe auch zu Protokoll, daß aus der Pacht zwier Gartenplätze im „vollen Graben" (Faulen Graben) der Messwein und die Lichter bei der von dem Missionar in der Pfarrkirche zu lesenden h. Messe bestritten würden. Auch befinde sich vor dem Mutter-Gottes-Altare eine Bank, auf welcher jedesmal ein Licht zum Heile der Abgestorbenen auf Wunsch der verstorbenen Jungfer von dem Missionar angezündet werde.

Der erste Missionar, den wir dem Namen nach kennen, ist Pater Ludovicus.

Der zweite ist Gottfried Callenberg. Dieser stand mit der

Stadt auf sehr gespanntem Fuße. In einer Klageschrift an den Kurfürsten und Erzbischof Clemens August von Köln vom Jahre 1731 sagt der Pater Missionar u.A., daß er sich genötigt sehe, Klage zu erheben in welch unverantwortlicher Weise er unerachtet seiner großen Beschwernis in Tag und Nacht der Stadt und dem Veste leistenden weitläufigen Amtsverrichtungen auf Veranlassung einiger Mitglieder des Stadtrats mit allerhand Beschwernissen und bürgerlichen Lasten überhäuft würde. Obwohl die Stiftung nur ein sehr geringes Einkommen habe, so müsse er die Malz- und Schlachtsteuer auf Veranlassung des Magistrats mitbezahlen, Einquartierung würde ihm zugelegt u.s.w.

Auch hätte der Magistrat sein Haus mit schimpflicher Exekution belegt, in seiner (des Paters) Abwesenheit dreimal durch tolle und volle Kerls unter Zuziehung eines Soldaten erbrochen zum Ärger der ganzen Stadt, sich gegen das Hausgesinde vielfältiger Insolentien schuldig gemacht, Hausgeräte und eine Kuh auf offener Straße pfänden lassen u.s.w.

Nach den Synodal-Dekreten des Kurfürsten Max Heinrich wären aber geistliche Stiftungen von Abgaben befreit, weshalb er bitte, ihn gegen den Magistrat von Recklinghausen zu schützen.

Diese Beschwerdeschrift sandte der Kurfürst Clemens August mit folgender Verfügung (dat. Brüel, d. 2. Oktob. 1731) an den Statthalter Grafen v. Nesselrode:

Hoch- und wohlgeborner lieber Getreuer! Aus dem Anschluß habt Ihr ersehen, wessen sich die Mission deren P.P.S.J. in unserer Stadt Recklinghausen wider den dortigen

Rath beklaget, worauf wir auch hiermit befehlen, diesem letzten aufzutragen, daß dem Missionar die abgepfändeten Sachen alsobald wiedergegeben, und denselben mit einigen Lasten bis auf unsere anderweitige gnädigste Verordnung nicht beschweren, sich auf gedachten Stadtrath verantworten lassen solle, daß durch die aus des Missionari Behausung hinweg genommenen Pfänder die geistliche Immunität violiert habe, über dessen allem Erfolg euren Bericht und Gutachten nechstens erwarten, dann Euch mit Gnaden wohlgetragen verbleibe.

Die Stadt Recklinghausen, welche vom Statthalter zum Bericht aufgefordert wurde, führt insbesondere folgenden Punkt zu ihrer Rechtfertigung an: „Die in den letzten Zügen liegende Gemeinde (Stadt Recklinghausen) sei mit 2 Eskadronen, härter als sie tragen kann, aufs höchste beschwert. Da der Missionar auch sonst wegen des der Missions gehörenden Erblandes mit 1/2 rthlr. zur Contribution herangezogen würde, so müsse er auch die Einquartierungslasten mittragen."

Als der Advokat Heinrich Cremer, Rechtsbeistand des Missionars, am 8. Oktober 1731 eine Abschrift des Schreibens des Missionars und der kurfürstlichen Verfügung auf dem Rathause insinuieren wollte, traf er den ersten Bürgermeister Horst in der Thür stehend. Dieser weigerte sich, die Abschriften anzunehmen und erklärte dabei, daß, wenn er Cremer dieselben niederlegte, er dem Cremer den Leib voll Schläge geben würde.

Bemerkenswert sind die Ausdrücke, mit welchen der Advokat Cremer seine an den Statthalter gerichtete Klageschrift spickte. (3. Dezemb. 1731) Er sagt u.A., daß die ganze Angelegenheit nur eine Belästigung des Missionars sei; daß der geringe Steuerbetrag die „arme Gemeinde" nicht aufhelfen könne, daß nur ein böser Ratgeber im Stadtrate die Sache betreibe. zu der letzten Zeit würden durch diesen häufig Prozesse verloren. Dann weiter: Höre doch Christenmensch! Das Gott gewidmete Missionshaus wird eingenommen und nach ausgeraubten vielfachen Insolenzen gegen das Hausgesinde gewüthet von Kerlen, die dergestalt besoffen und beschlämmert sind, daß aus ihren Mäulern mehr Unflath als verständliche Worte heraus gespien wird. Alles dieses ist wiederholt in Abwesenheit des Missionars geschehen, zum dritten Male augenfällig von gemeldeten sauberen Burschen, und zwar in der stillen Woche (N.B.) auf grünem Donnerstag (N.B.) des morgens früh unter dem Gottesdienste. Ein lebendiges Pfand gegen Forderung eines halben rthlr., dazu auf offener Straße! und nicht auf dem Stall! Nämlich Kinder und alte Leute sollen zusammen laufen   Der Plan soll lautbar sein. Ein vierfüßiges Thier soll den Triumphwagen ziehen! Sie wollen mit einem Kuhschwanz aufziehen wie die Türken mit einem Roßschweif u.s.w.

So ganz hörten die Zwistigkeiten zwischen der Stadt und dem Missionar nicht auf, denn auch der folgende Missionar Bernhard Neuhaus beschwert sich im Jahre 1739 wegen gepfändeter Sachen. Derselbe schreibt an den Kurfürsten, daß die Missionare an den Einquartirungen von 1692, 1698 und 1702 Theil genommen hätten, daß sie aber die weiteren und häufigen Bedrückungen nicht aushalten könnten wegen der mageren Fundation. Haus und Thüren wären schlecht, letztere nicht zu verschließen, die vor einiger Zeit mit Mühe eingerichtete 10 Freitagsandacht müsse wieder eingehen u.s.w. Der Kurfürst Klemens August bescheidet hierauf den Magistrat, die gepfändeten Sachen zurückzugeben und den Schaden zu ersetzen.

Missionare waren noch

1739, 1741 P. Bernhard Neuhaus

1746 P. Johannes Werneckinck,

1752 P. Friedrich Dyckhoff,

1761 P. Marcellus Griving

1765 P. Adamus Thurmberg

1773, 86. 90, 1798 P. Heinrich Moll. Dieser starb als der letzte der Missionare 1799 oder 1800.

Von einem dieser Missionare wurde auch die Xaverianische Andacht in der Pfarrkirche eingerichtet. Zur Beförderung dieser Andacht schenkte die Witwe Bürgermeister Rensing 60 rthbr., welche im Jahre 1771 bei den Eheleuten Gildemeister Adolf Serres und Frau Margaretha geb. Tücking zinsbar angelegt wurden.

Das Ende des vorigen Jahrhunderts, welches so mancher milden Stiftung ein jähes Ende bereitete, verschonte auch unsere Mission nicht. Im Jahre 1797 verordnete der Kurfürst Maximilian Franz, dass die Mission aufzuheben und die Erträge derselben zu Schulzwecken zu verwenden seien.

Der mit der Regelung dieser Angelegenheit betraute Kurfürstliche Kommissar Piners stellte fest, daß

1. die der ehemaligen Mission anklebenden Kapitalien 109 rth. 30 stbr betrugen,
2. zur Wohnung gehörten Haus, Scheune, Gemüse= und Baumgarten,
3. an sonstigen Gartenplätzen 98 □ Ruthen, an Ländereien 13 Scheffel 5 ¾ Becher, vorhanden waren,
4. an Pacht einkam aus dem Vogt= oder Bernsgut einschließlich der auf 1 rthl 17 stbr anzuschlagenden Handdienste 32 rthl 27 stbr.
5. die ehemale Mission berechtigt ist mit 1 ½ Scharen in der Hochlar=Mark, 12 Schaaren ungetheilten Buschgrund in der Recklinghäuser Mark und mit den Scharen auch zur Mast.

Am 2. März 1801 wurde die Jesuiterei verkauft und brachte ein:

das Haus, die Scheune sowie der Obst und Gemüsegarten ..	1260	rthl —	stbr.
die vorwards=mäßigenWeinkaufs= gelder pro rthl 3 stbr ...	63	„ —	„
der Garten einerseits Piners zu Hasselt gelegen	46	„ 30	„
Weinkauf	2	„ 19	„
Summa	1371	rthl. 49	stbr.

Zum Schluß sei noch bemerkt, daß der nördlich von der Jesuiterei liegende Gartenkomplex die Kerdelkrei genannt wird. Zur Kerdelkrei gehörte auch vor Gründung der Mission die sogenannte Jesuiterei, wie aus folgenden Angaben hervorgeht. Vor dem Kurfürstl. Kölnischen Richter Heinrich Rensing erscheinen im J. 1631 die Eheleute Bernhard Koller, vestischer Landfrone und seine Frau Sibilla Bonert und bekennen, daß sie verkaufen dem Melchior Schwers einen Garten in dem Erlbruch, der Kekelkre genannt, einerseits Heinrich Muting, andererseits Wittib Koene gelegen, schießend mit dem Ende auf die Stadtmauer und mit dem anderen Ende auf die Straße.

Dieser Garten ist später von dem doc. jur. Princkernell erworben.

Alles Wissen ist Erinnerung

Thomas Hobbes (1588 - 1679)

Anmerkungen

[1] Eugen Vetter, *Mein Vestisch Land*, Recklinghausen Mai 1949, ohne Verlag, Seite 43

[2] 25. Mai 1949

[3] Brüder Grimm, Deutsches Wörterbuch Bd. 14, Sage 3b)ß), *http://woerterbuchnetz.de/cgi-bin/WBNetz/wbgui_py?sigle= DWB&mode=Vernetzung&lemid=GS00585#XGS00585* des *Trier Center for Digital Humanities / Kompetenzzentrum für elektronische Erschließungs- und Publikationsverfahren in den Geisteswissenschaften an der Universität Trier*

[4] z.B. Dr. Dirk Sondermann, *Emschersagen von der Mündung bis zur Quelle*, Henselowsky Boschmann Verlag, Bottrop 2006 und *Zeitschrift RE-SOLUT*, Ausgabe 51, 1-2015, Seite 27

[5] Theodor Esch, *Die Jesuitenmission zu Recklinghausen*, in Zeitschrift der Vereine für Orts- und Heimatkunde im Veste Recklinghausen, Band 4, 1894, Seite 47 ff.
Siehe auch Seite 82 ff. in diesem Buch.

[6] Kreis Recklinghausen Städt. Gemarkung Recklinghausen Stadt Nr. 114, Gemarkungskarte in 11 Fluren. Flur 18 in 5 Blättern, Blatt 3. Maßstab 1:1250 [...], Abgezeichnet am 15. Mai 1909 [...]

[7] Siehe Seite 93

Hinter dem wesentlich später erbauten Bankgebäude der Rheinisch-Westfälischen Diskonto Gesellschaft (links) aus dem Jahr 1906 stand das Haus der Firma *B. Nolte Luxus Fuhrwerke* an der Kampstraße. Es hatte die Hausnummer 34. Hier ist es vom Kaiserwall aus fotografiert worden. Heute befindet sich dort in etwa der Eingang des Einkaufszentrums *Palais Vest*. Dies ist das Haus der Jungfrau Maria Theresia Pinkernell, das sie 1692 den Jesuiten vermacht hat und das im Jahr 1801 zugunsten des städtischen Schulfonds veräußert wurde. Die Kampstraße wurde 1933 in Hermann-Bresser-Straße umbenannt.

Im Kriegsjahr 1942 wurde es durch einen nahen Bombeneinschlag zerstört. Hier ist es ganz offensichtlich noch gänzlich intakt. Diese Aufnahme muss also vor 1942 entstanden sein.

Foto: Stadtarchiv Recklinghausen und in Olaf Manke und Jürgen Wagner, *Die Reihe Archivbilder / Arbeit und Leben in Recklinghausen*, Erfurt 2005, Seite 23.

93

[8] Georg Möllers und Richard Voigt (Hrsg.), *1200 Jahre Christliche Gemeinde in Recklinghausen*, Verlag Rudolf Winkelmann, Recklinghausen 1990:
Jesuitenmission - Jesuiten kamen dadurch nach Recklinghausen, daß ihnen 1692 das Noltesche Haus Ecke Kampstraße und Löhrhofstraße mit Gärten und Ackerland in und bei der Stadt geschenkt wurde. Wieviel Missionare hier tätig waren, ist heute nicht auszumachen. Esch weist darauf hin: *„An den hier residierenden Missionaren haben die Pfarrer von Recklinghausen eine kräftige Stütze in der Seelsorge gehabt! [...]*

[9] Siehe Anmerkung 5

[10] *Kreis- und Stadt- Handbücher des Westfälischen Heimatbundes*, Band 7, Das Vest Recklinghausen von Adolf Dorider, Regensbergsche Verlagsbuchhandlung Münster, Dezember 1948, Seite 24 ff.

[11] Bernhard Duhr S. J. , *Die Geschichte der Jesuiten in den Ländern Deutscher Zunge.* Siehe Literaturhinweise.

[12] Siehe Anmerkung 5

[13] *Allgemeiner litterarischer Anzeiger oder Annalen der gesammten Litteratur für die geschwinde Bekanntmachung verschiedener Nachrichten aus dem Gebiete der Gelehrsamkeit und Kunst Nr. 118, 29.07.1800, S.1149*
https://books.google.de/books?id=K51SAAAAcAAJ

Dort erwähnt:
Catechismus Polemicus, Das ist: Catholischer Catechismus/ und nützliche Glaubens=Streitigkeiten [...] P. Ludolpho Schaumburg, Societas Jesu, SS. Canon. Professore. [...] Paderborn[...] 1721 [...]
https://books.google.de/books?id=vOs_AAAAcAAJ

[14] *Die von Gott gewürdigte Lob=Eck/ Als die heilsame Reformation Lutheri in der Kayserlichen/ Freyen/ und des h. Römis. Reichs=Stadt Lübeck [...] Preiset JOHANNES HILMERS, aus Lübeck [...] Lübeck/ bey Peter Böckmann, 1716. [...]*
https://books.google.de/books?id=zCw_AAAAcAAJ
(siehe Abb. auf der folgenden Doppelseite)

[15] Siehe Anmerkung 8

[16] *Wer hat Angst vorm Schwarzen Mann* ist ein Nachlaufspiel, das seit mehreren Hundert Jahren von Kindern gespielt wird. Vielfältige Quellen und Interpretationen lassen multiple Ursprünge vermuten. Die *(meiner Meinung nach)* plausibelste basiert auf der Ausbreitung der Pest (der „schwarze Tod") im Mittelalter. Die Pestärzte trugen zu  ihrem eigenen Schutz, weil sie glaubten, die Krankheit würde über die Luft verbreitet, lange schwarze Roben und weiße, mit wohlriechenden Substanzen gefüllte

Inzwischen rumpffen die Päbstler nicht selten die Nase/ wenn Evangelische Lehrer/ Priester genandt werden / und sprechen per contemtum: *Prædicanten.* (r) Es antwortet aber ein in GOtt ruhender Lübeckischer Theologus (ſ) daß sie uns Prædicanten/ das ist/ Prediger heissen / ist uns so wenig schimpfflich/ als Christo und den Aposteln/ welchen dieser Titul gegeben wird. Luc. IV, 44. Act. XX, 25. 2 Tim. I, 11. Es wird uns dieser Nahme von dem Stück unsers Ampts/ damit wir am meisten geschäfftig seyn/ nemlich vom Predigen/ Matth. X, 27. Marc. XVI, 20. gegeben/ daduurch doch gleich wohl andre Ampts-Verrichtungen nicht ausgeschlossen werden. Es ist aber denen Päbstlern darum nicht allein zu thun/ sondern sie wolten auch gerne aus verbitterten Haß behaupten/ daß Lutherische Prediger / keine wahre Priester seyn / sollten sie auch/ weil ihnen die heilige Schrifft/ als ein Wort der Wahrheit zuwidern/ den Teuffel selbst als Vater aller Lügen consuliren/ wie jener schamlose Jesuit zu Recklinghaussen in Westphalen/ den Teuffel zum Lehrer gebrauchet/ und denselben in einem besessenen Kinde gefragt: Ob

(r) Impii Jesuitæ sac. Keller, impia vocis nequam expressio, videatur in D, Meieri Kriegen des HErrn p, 642.

(ſ) D. Aug. Pfeiffer in der Evangelischen Christen-Schule p. 1166, item M. Göbel in a, c, p. 973, b,

96

Ob die Lutherische Prædicanten wahre Priester seyn? Ob sie die Gewalt haben/ von
Sünden zu absolviren? Ob sie wahrhaff-
tig die Hostien consecriren können? Worauf der Teufel mit nein geantwortet.(t)

Von einer gütigen Hand habe vor einigen Jahren ein weitläufftiges Manuscript
erhalten/ in welchem eine zu der Zeit in Hol-
stein sich aufgehaltene Päbstische Dame,
als wäre sie gut Lutherisch / durch einen
Schreiber ihres Ordens / unterschiedene
vermeynte Gewissens-Fragen/ (so eigentlich dahin zielen : Lutherische Prediger
sind keine wahre Priester/) dem damahls
berühmten Lübeckischen Superintendenten/
Hn. D. Pfeiff. An. 1692. zugesandt/ auch eine
gründliche Antwort ausgebeten; allen
Umschweiff zu meiden/ setze summariter auf
drey Päbstische Einwürffe/ D. Pfeiffers selbst
eigne Antwort; Er macht hierzu also den
Anfang: der armselige Stümper/ welcher
die confuse Schrifft zusammen gestoppelt/
hat nichts einzuwenden/ als etwann fol-
gende/ verlegene/ nichts würdige Waaren:
Er sagt (1.) Ein rechtmäßiger Priester
müsse von Bischoff ordiniret seyn / nun
haben ja die Lutheraner keine Bischöffe:

)( )(Ant-

(t) Joh. Frid. Fabri Specimen Zeli justi Theologici contra Ma-
leficos & Sagas, p. 63, fin, sq.

97

Masken, die an einen Vogelschnabel erinnerten. Wenn diese „schwarzen Männer" zu einem Haus kamen, bedeutete dies, dass dort jemand an der Pest erkrankt war. Was also tat man, um nicht selbst angesteckt zu werden? Man lief weg, um nicht mit dem möglicherweise kontaminierten „Schwarzen Mann" in Kontakt zu kommen. „Und wenn er kommt?" - „Dann laufen wir!" Kein Kontakt war nach damaliger Auffassung der beste Weg, der bösen Krankheit aus dem Weg zu gehen.

[17] Arno Vauseweh, „*Vestische Pfarrer im Umfeld der Visitation von 1630 - Lebensbilder aus der Zeit des Dreißigjährigen Krieges (Teil 1)*" in Vestischer Kalender, 79. Jahrgang 2008, Seite 156 ff.

[...] Am Sonntag dem 23 Juni, um die dritte Stunde am Vormittag, wurde von den Kommissaren die St. Antonius-Kirche in Herten aufgesucht [...]. Der Pastor hieß Henrich Kurich. [...] Wie viele Geistliche des Vestes lebte Kurich mit einer Frau zusammen, was durchaus üblich war und daher nicht von einer Neigung zum Protestantismus zeugte. Mit seiner Konkubine Anna Brinkmann hatte er eine Tochter, die er dem Visitationsprotokoll vom 6. Juli 1654 zufolge im Wiedemhof (Pfarrhaus) zum größten Ärgernis aller Pfarrgenossen verheiratet hatte. Gemäß Protokoll forderten die Visitatoren, dass *Anna Brinkmann nebst Tochter und Eidam (Schwiegersohn) aus Kirchspiel und Vest verwiesen werden, und sollte die Anna sich nochmals in Herten ertappen lassen, so soll sie am Pranger und Halseisen und mit Rutenstreichen hergenommen werden.* [...]

[...] Am Samstag, dem 20. Juli 1630, um die fünfte Morgenstunde visitierte die Kommission unter Leitung des hochwürdigen Herrn Joannes Gelenius die Kirche in Oer [...]. Bei der Visitation von 1630 stellte sich heraus, dass der Pastor mit einer Frau zusammenlebte, also Konkubinarier war. Im Protokoll heißt es dazu: *Wenn der Ehrwürdige Herr* [Generalvikar Joannes Gelenius] *zu diesem Hause* [Pastoratshaus] *käme, würde er dort ein junges Mädchen vorfinden, das der Pastor seine Magd nennt, abgesehen davon, daß er von dieser Person auch Kinder hat.* Daraufhin entließ die Kölner Kirchenbehörde Pastor Gersterkamp wegen *inprobatam vitam*, „unwürdigem Leben", ins „Privatleben", *privatus* und ließ ihn durch Pastor Theelen ersetzen. [...]

Dazu siehe auch Gerhard Clarenbach, *Geschichtsforschung auf den Spuren von Pfarrer Joan Jacob Schmitz*, in Vestischer Kalender, 77. Jahrgang 2006, S. 188 ff., (nach Quellen des Stadtarchivs Oer-Erkenschwick.)

Siehe auch Gerhard Clarenbach, *Rechtsgeschichtliches aus Oer-Erkenschwick*, in Vestischer Kalender 76. Jahrgang 2005, S. 28 ff.

[18] Die Bibel, Neues Testament, *Markus, 12,38*

[...] Sehet euch vor vor den Schriftgelehrten, die in langen Kleidern gehen und lassen sich gern auf dem Markte grüßen 39 und sitzen gern obenan in den Schulen und über Tisch beim Gastmahl; 40 sie fressen der Witwen Häuser und wenden langes Gebet vor. Diese werden desto mehr Verdammnis empfangen.[...]

[19] Stadt Recklinghausen, *100 Jahre Rathaus Recklinghausen*, 2008, Seite 36 ff.

[20] Erstveröffentlicht in der Zeitschrift der Heimatvereine im Vest Recklinghausen, Band 2, 1894

Das Umschlagbild und die Federzeichnungen auf den Seiten 8 und 52 sind wie das digitale Phantasieportrait auf Seite 34 Arbeiten von Olaf Manke.
Für den Umschlag wurde eine Fotografie des Pinkernellschen Hauses aus dem Stadtarchiv Recklinghausen benutzt.

Worterklärungen

Advokat
Alte Bezeichnung für Rechtsanwalt. Noch im 19. Jahrhundert waren die Angehörigen der rechtsberatenden Berufe aufgeteilt in Advokaten und Prokuratoren. Prokuratoren waren diejenigen, die den Ratsuchenden hauptsächlich vor Gericht vertraten, während Advokaten auch für den außergerichtlichen Beistand zuständig waren.

Gilde
Interessenverband von Kaufleuten oder Handwerkern. Die Aufgaben der Gilden bestanden im Schutz ihrer Mitglieder und in der Regulierung des Marktes. [...] In Recklinghausen kamen noch politische und öffentliche Aufgaben hinzu, nämlich die aktive und passive Wahl zum Stadtrat, sowie die Überwachung und Besichtigung städtischen Eigentums, die als sog. ehrenamtliche Aufgaben ausgeübt werden mussten. [...] Für die Ausübung bestimmter Gewerbe war die Mitgliedschaft in einer Gilde zwingend notwendig, es bestand ein sog. Gildenzwang. [...]
Aus: Werner Koppe, *Von der Hanse- zur modernen Einkaufsstadt, Band 1, Recklinghausen - Eine Stadt der Hanse*, Recklinghausen 2012, Seite 49/50

Hobsrichter
„[...] Die Hobsgerichte, wie sie dort genennet werden, sind an verschiedenen Orten in Westphalen anzutreffen, und bestehen in der Gerichtsbarkeit über Gattung leibeigener

Leute und Unterthanen, die zu einem Hofe oder Herrschaft gehören (*). Ein Hobsrichter und Gerichtsschreiber sind dazu bestellt, wozu noch ein Gerichtsfrohn kommt (**).

(*) Der Name kommt her von Hoba, Hove und Hoeren, oder zugehören.

Aus: Carl Gottlob Dietmann, *Neue Europäische Staats- und Reisegeographie: Worinnen die Lande des Westphälischen Kreises ausführlich vorgestellet werden, [...]. Achter Band. Mit nöthigen Registern, Landkarten und Gedächtniß-Münzen.* Dresden und Leipzig 1755, III. Cap. Politische Beschaffenheit, §21.
Seite 189

insinuieren
unterstellen, andeuten, von lat. *insinuare* = einflüstern, hineinstecken

Insolentien
Ungebührlichkeiten, Belästigungen

inter vivos
Inter vivos ist ein Rechtsbegriff, der sich auf eine Übertragung oder ein Geschenk bezieht, das zu Lebzeiten gemacht wurde.

Jesuiten
Als Jesuiten werden die Mitglieder der katholischen Ordensgemeinschaft Gesellschaft Jesu (*Societas Jesu*, Ordenskürzel: *SJ*) bezeichnet, die am 15. August 1534 von einem Freundeskreis um Ignatius von Loyola gegründet wurde. Neben den Evangelischen Räten – Armut, Ehelosigkeit

und Gehorsam – verpflichten sich die Ordensangehörigen auch zu besonderem Gehorsam gegenüber dem Papst. Die Bezeichnung Jesuiten wurde zunächst als Spottname gebraucht, später aber auch vom Orden selbst übernommen. [...] Quelle: *https://de.wikipedia.org/wiki/Jesuiten*
1773 auf politischen Druck hin per päpstlicher Bulle aufgelöst, 1814 wieder zugelassen.

Jesuitissen
Kurzfristig existierender katholischer Frauenorden, der am 13.1.1631 von Papst Urban VIII. wieder aufgehoben wurde. Die Angehörigen des Ordens wurden nach der englischen Stifterin auch „Englische Fräulein" genannt. Die Gründerin des Ordens, Maria v. Ward, stirbt am 30.1.1645. Im Jahr 1703 werden die Jesuitissen von Papst Clemens XI. unter anderem Namen mit ähnlichen Statuten (*in München*) als säkularisierte Gemeinschaft bzw. geduldete Anstalt wieder zugelassen.

Juffer
niederdeutsche Form des Wortes *Jungfer, Jungfrau*. Der Ausdruck „Alte Juffer" wird im Volksmund oft auch mit einem abfälligen Unterton für unverheiratet gebliebene ältere Frauen gebraucht.

Jungfrau
Zunächst eine Frau, die noch keinen Geschlechtsverkehr hatte. Im religiösen Kontext eine besonders verehrungswürdige, fromme Alleinstehende. Sogenannte geweihte

Jungfrauen genossen in konfessionellen Kreisen besonderen Respekt. Hierzu können auch die Beginen gezählt werden, die jedoch in Recklinghausen bereits zu Beginn des 16. Jahrhunderts ihre „freie" klosterartige Gemeinschaft zugunsten der Nonnen vom Augustinerorden aufgeben mussten.

Jungfrauen der Kindheit Jesu

[...] bestätigte Pabst Alexander VII. die Gesellschaft derer Jungfrauen der Kindheit JEsu, welchen eine reiche und fromme Wittwe zu Toulouse, Johanna de Juliard, Anno 1662. aufgerichtet, welche Jungfrauen zwar nicht heyrathen, jedoch nicht ein allzustrenges und hartes Closter=Leben führen, sondern kleine Mägdlein von Jugend auf in der Frömmigkeit, weiblichen Tugenden, und anständigen Künsten, unterweisen, und alle Wittwen und verheyrathete weibliche Personen, welche ihre Andacht in der Einsamkeit abwarten wollen, aufnehmen sollten. [...]

Aus: *Neu-eröffneten Historischen Bilder-Saals Fortsetzung / [...] Erste Abhandlung. Von denen Kirchen=Geschichten [...], Nürnberg 1733, Seite 39*

Kalandsbruderschaft

[...] Kaland (Kalandsbruderschaften) ist die Bezeichnung für Bruderschaften wohlhabender Bürger zur Verrichtung guter Werke, die im Mittelalter in vielen Städten verbreitet waren. Das Wort Kaland ist von dem lateinischen Wort „kalendae" abgeleitet. Es bedeutet den ersten Tag eines Monats und bezieht sich auf den Brauch der Mitglieder

eines Kaland, sich regelmäßig an diesem Tag zu treffen.
https://de.wikipedia.org/wiki/Kaland

Kellner
Mit „Kellner" ist hier nicht das Personal in einer Gaststätte gemeint, sondern der amtliche Rentmeister, sozusagen der regionale „Finanzminister", der seinen Sitz auf Schloss Horneburg bei Datteln hatte.
„[...] Die Kellnerei des Kurfürstentums Köln für das Amtsgebiet des Vestes Recklinghausen verwaltete alle Dienste, Einnahmen an Naturalien, an durch durch Geld abgelöste Naturalien, Geldabgaben, welche aus dem Eigentum des Landesherren an Grund und Boden, Zehnten und sonstigen Rechten entstanden. Die Kellnerei hatte ihren Sitz in der Horneburg, die Feste, Burg und Amtshaus war. Geleitet wurde die Kellnerei durch einen Kellner und ab 1665 einen Oberkellner im Range eines zunächst kurfürstlichen, dann arenbergischen Hofrates, welche durchaus bei entsprechender Vakanz zum Statthalter aufrücken konnten. [...]"
Quelle: http://wiki-de.genealogy.net/Vest_Recklinghausen

Kreuzaltar
Der Kreuzaltar ist ein Altar für den Volks-/Laiengottesdienst, der sich in mittelalterlichen Stiftskirchen zwischen Hauptschiff und Chor befindet. Da der Lettner, hinter dem die Chorherren und der Adel den Gottesdienst feierten, die Sicht zum Hauptaltar nahm, wurde für das einfache Volk dieser Altar vor dem Lettner errichtet. Er war stets dem Heiligen Kreuz geweiht. Daher sein Name.

Wenn Frau Pinkernell tatsächlich, wie in der Sage behauptet, vor dem Kreuzaltar beerdigt wurde, ist ihr Grab mitten in der zentralen Kirche der Stadt zu suchen. Sie muss damals also eine sehr angesehene Person gewesen sein. Der Küster Spiekermann beglaubigt dies vier Jahre nach ihrer Beerdigung in einer notariellen Urkunde.

Lagerbuch
Verzeichnis der Besitzungen und der damit verbundenen Einkünfte, die zu einer bestimmten Herrschaft oder einer Verwaltungseinheit (Amt) gehörten.

Lettner
Der Lettner *(von lateinisch lectorium ‚Lesepult‘, auch lect(o)rinum, lectricum)*, auch Doxale genannt, ist eine steinerne oder hölzerne, mannshohe bis fast raumhohe Schranke, die vor allem in Domen, Kloster- und Stiftskirchen den Raum für das Priester- oder Mönchskollegium vom übrigen Kirchenraum, der für die Laien bestimmt war, abtrennte. In Abteikirchen [...] diente der Lettner zur Trennung der Priestermönche und der Laienmönche (Konversen). Er ist eine Weiterentwicklung der frühchristlichen Chorschranken und entwickelte sich in der Spätromanik, hatte eine Blütezeit in der Gotik und wurde dann in seiner Funktion als Lectorium allmählich von der Kanzel ersetzt. [...]
Quelle: https://de.wikipedia.org/wiki/Lettner

Lohgerber
Lohgerber oder auch Rotgerber waren spezialisierte Hand-

werksbetriebe, die in einem langwierigen Verfahren mit Hilfe von z.B. aus Eichenrinde gewonnenen Gerbstoffen (*Eichenlohe - hergestellt in Lohmühlen/Loemühlen*) in sogenannten Lohgruben dickes und strapazierfähiges, aber unflexibles Leder z. B. für den Wagenbau herstellten. Da der Prozess des Gerbens in Lohgruben einen langen Zeitraum, nämlich drei bis fünf Jahre in Anspruch nahm, mussten für einen effizienten Geschäftsbetrieb viele Gruben parallel betrieben werden, was einen großen Platzbedarf bedingte. Dies war sicher einer der Gründe, warum der Südosten der Stadt Recklinghausen, in dem diese Betriebe zu finden waren, recht locker besiedelt gewesen ist. Der Vorgang des Gerbens roch gelinge gesagt nicht sehr gut und sorgte sicher auch mit dafür, dass niemand gern in der Umgebung der Gerber wohnen mochte. Grundstücke waren dort sicher günstig zu bekommen.

Malzsteuer
Abgabe auf Malz, das zum Bierbrauen verwendet wird. Der *Jesuit Gottfried Callenberg* aus Theodor Eschs Bericht über die Jesuiterei hatte sich über die Malz- und Schlachtsteuer beschwert, die ihm auferlegt worden war. Demnach wurde in der Jesuiterei auch Bier gebraut.

Prinkernell, Pinkarnell, Pinkernell, Pinkernayl, Pinkernelle
Familienname, bedeutet nach Hans Bahlow (*Deutsches Namenlexikon*, Hamburg 1988) so viel wie *Nagelschmied*.
Die größte Verbreitung dieses Namens findet man heute (2019) im Raum Magdeburg.

Ruthe/Rute
Längen- und Flächenmaß
Längenmaß: 3,5 bis 7 Meter, durchschnittlich 4,6 Meter
Flächenmaß: 1 preußische Quadratrute = 14,185 qm

rthl.
Abkürzung für Reichstaler. Seit 1566 war der Reichstaler
die Leitwährung im Heiligen Römischen Reich Deutscher
Nation.

Schar
oder *War* ist die Bezeichnung für einen Anteil am gemein-
schaftlichen Wald- bzw. Grundbesitz der Stadt, dessen Ertrag u.a. zu Mastzwecken für das Vieh genutzt wurde.

Schaumburg
Familienname der in Recklinghausen und Umgebung
seit der Zeit der Verpfändung des Vestes Recklinghausen
(1476-1576) an die Grafen von Holstein-Schaumburg häu-
figer anzutreffen war. In Recklinghausen ansässige Mitglieder der Familie gehörten zu einer illegitimen Linie, die
im Vest häufig höhere Beamte stellte.
Arnold von Schaumburg *(Höchstwahrscheinlich illegitimer
Sohn des Erzbischofs Adolf von Schaumburg, Verwaltungsbeamter des Kölner Domkapitels im Vest Recklinghausen)*,
Johann von Schaumburg *(Verwaltungsbeamter des Kölner
Domkapitels)*
Arnold Schaumburg *(Bürgermeister, anschließend Domkapi-
telsverwalter, kaufte 1660 den Riddershof in Suderwich)*,

Ludolph Schaumburg (*Sohn des Arnold Schaumburg, geb. 1674 in Recklinghausen, ab 1692 Jesuit, lehrte die Humaniora, die Philosophie, Mathematik, heilige Schrift und das Hebräische zu Münster, das kanonische Recht zu Paderborn, veröffentlichte diverse Schriften, siehe auch Seite 27*)
Gerhard Caspar Schaumburg (*älterer Bruder des Ludolph Schaumburg, stiftete die Kreuzigungsgruppe am heutigen Lohtorfriedhof. Kaufte den Leuchterhof in Marl und vererbte diesen an den Karmelitenorden; heute ist das Anwesen ein Reiterhof an der Marler Klosterstraße.*)

schimpfliche Exekution
Der Begriff der *Exekution* ist ein in Österreich heute noch gebräuchlicher Rechtsbegriff für eine gerichtliche Pfändung. Eine *schimpfliche Exekution* war eine Pfändung, die mit dem Verlust des gesellschaftlichen Ansehens einherging.

Spießer
Fußsoldat, der mit einem Spieß, einer so genannten *Pike* ausgerüstet war und im Verbund mit weiteren *Spießern* bzw. *Pikenieren* dem Schutz der übrigen Truppen diente. Meist wurden soldatische Anfänger mit diesem Dienst betraut. Deshalb auch „*von der Pike auf lernen*". Zur Verteidigung der Städte wurden ärmere Bürger mit Spießen ausgerüstet. Dies waren die *Spießbürger*. Diese ursprünglich positive Bezeichnung wurde später als Schimpfwort für engstirnige Kleinbürger verwendet. Es kam auch vor, dass einem Pikenier der Spieß entrissen und gegen ihn selbst

gerichtet wurde. Daher auch die Redewendung „*den Spieß umdrehen*".

Todesangstbruderschaft
Nach dem 30-jährigen Krieg von den Jesuiten gegründete *Bruderschafft der Todt-Angst unsers am Kreutze sterbenden Heylands Jesu Christi, und seiner schmertzhafften Mutter Mariae, zur Erhaltung eines seligen Sterbstündleins.*
Die Todesangstbruderschaften waren religiöse Gebetsgemeinschaften, die das Ziel hatten, den katholischen Gläubigen in lebensbedrohender Krankheit beizustehen und auf den Tod vorzubereiten. Sie waren auch ein Mittel der katholischen Kirche, die Gegenreformation voranzutreiben. Nach Bernhard Duhr (*Geschichte der Jesuiten in den Ländern deutscher Zunge*, Dritter Band, Sechstes Kapitel) erfreuten sich die Zusammenkünfte dieser Bruderschaft in der Bevölkerung eines regen Zuspruchs.
In Haltern wurde die regionale Bruderschaft von Jesuitenpater Heinrich Schumacher (*siehe auch das Nachlassschreiben der Frau Pinkernell*) im Jahr 1690 eingerichtet. Durch seine missionarische Tätigkeit ist sie sicher auch in Recklinghausen bekannt und verbreitet gewesen. Gründungsmitglied war auch das reiche Stift Flaesheim, in dem ein Godfried Schaumburg zur Zeit der Gründung des Gebetsvereins ein hohes Amt bekleidete.

violiert
geschädigt, beschädigt, verletzt

Visitation
Visitation *(lat. visitare „besuchen")* heißt in vielen Gerichts-, Kirchen- und Ordensverfassungen der Besuch eines Oberen mit Aufsichtsbefugnis zum Zweck der Bestandsaufnahme und Normenkontrolle. [...]
Quelle: https://de.wikipedia.org/wiki/Visitation

Volksmission
[...] steht im Unterschied zur herkömmlichen Seelsorge für eine Form der Evangelisierung innerhalb der eigenen Kirchen. Sie wurde zu einem Sammelbegriff für Aktivitäten zur Glaubenserneuerung in einer bereits christianisierten Bevölkerung und innerhalb schon bestehender Pfarrgemeinden und Kirchengemeinden. Ihr Ziel ist nicht die Taufe und die Gründung neuer Kirchen und Kirchengemeinden, sondern die Intensivierung des Glaubenslebens der zugehörigen Mitglieder. [...]
Quelle: https://de.wikipedia.org/wiki/Volksmission

vorbemelte
alter Ausdruck für *bereits erwähnte* oder *weiter vorn erwähnte*.

Weinkauf
Gebühr für einen Kaufabschluss, der oft mit einem Trunk bekräftigt wurde.

Weiße Frau / Weiße Jungfrau
Als weiße Frauen bzw. Jungfrauen werden weltweit Geistererscheinungen bezeichnet, die in Gestalt einer Frau in

einem weißen Gewand beschrieben werden. Mal sind sie neutral, mal gut, mal böse. Im mitteleuropäischen Raum wird üblicherweise in Burgen und Schlössern von weißen Frauen berichtet, welche in dem Gemäuer auf unerklärliche oder schreckliche Art und Weise ums Leben gekommen sind. Diese Frauen sollen angeblich im Leben etwas Unrechtes getan haben und nun nach ihrem Tod auf Erlösung hoffen. Manchmal zeigen sie aber auch ein Unheil an oder gemahnen daran, nichts Unrechtes zu tun. Dass sie auf freiem Feld erscheinen ist eher selten. Das Erscheinen der „Juffer Prinkernell" auf der Jungfernheide als weiße Frau ist wohl eine Übertragung solcher im kollektiven Gedächtnis verwurzelten Phantasiegeschichten auf die ursprüngliche Sage.

Wittib
Witwe

Xaverianische Andacht
Nach Franz Xaver (*Francisco de Gassu y Javier*) benannte Andacht, die an 10 Freitagen nacheinander begangen wird. Franz Xaver war einer der Mitgründer des Jesuitenordens. Im Jahr 1739 war die sogenannte *Freitagsandacht* bereits in Recklinghausen eingerichtet, wie aus dem Bericht des Herrn Esch hervorgeht. Pater Neuhaus beschwerte sich wegen gepfändeter Sachen, weshalb u.a. die „mit Mühe eingerichtete" Freitagsandacht gefährdet sei. Im Jahr 1771 stiftete die Witwe des Bürgermeisters Rensing 60 Reichstaler zur „Beförderung" dieser Andacht.

Xaverianische
Andacht

So Morgens und Abends
Die zehen Freytäge hin-
durch / umb bestimbte Zeit
gehalten wird
In der Kirchen S. Laurentii zu
Warendorff von den PP. Soc.
JESU Missionariis.

Cum Permissu Superiorum.
Münster: Gedruckt bey der Wittib Nagel,
Im Jahr 1749.

Zeitstrahl

1614 Religionsedikt: Siedlungs- und Aufenthaltsverbot für Nichtkatholiken in Recklinghausen

1618 Prager Fenstersturz und Beginn des 30-jährigen Krieges.

1622 Angenommene Geburt von Maria Theresia Pinkernell

1631 Verkauf eines Gartens nahe des späteren Pinkernellschen Hauses. Nach 1631 Übernahme des Grundstücks durch den Doc. jur. Pinkernell

1633 Von hessischen Truppen aus Dorsten vertriebene Franziskanermönche gründen das Kloster an der heutigen Klosterstraße
schwedische und hessische, d.h. protestantische Truppen besetzen die Stadt

1634 Rückeroberung Recklinghausens durch kaiserliche Truppen, anschließend Rückzug der Truppen

1635 Rückkehr der hessischen und schwedischen Besatzer, hessische Soldaten schleppen die Pest nach Recklinghausen ein, rund die Hälfte der Stadtbevölkerung fällt der Seuche zum Opfer, Verstärkung der Kontrolle an den Stadttoren,
Verschleppung mehrerer katholischer Geistlicher nach Dorsten

1646 Großer Stadtbrand

1648 Westfälischer Friede, Ende des 30-jährigen Krieges, das katholische Recklinghausen wird verpflichtet fünf Kompanien schwedischer Truppen aufzunehmen und zu verpflegen

1650	Schwedische Truppen verlassen Recklinghausen, Hexenprozess gegen Trine Plumpe, die der „peinlichen Befragung" widersteht, kein Geständnis ablegt und deshalb nicht hingerichtet wird
1658	Bau der Franziskanerkirche (Gymnasialkirche)
1659	Erneuerung des Religionsediktes von 1614
1660	Dr. Pinkernell wird im Vestischen Lagerbuch mit vergleichsweise hohen Abgaben erwähnt.
1669	Auflösung der Hanse
1686	Großer Stadtbrand
1687	Übernahme der Kapelle auf dem Annaberg bei Haltern durch Jesuiten und Beginn systematischer Missionierung im Vest Recklinghausen
1690	Gründung der Todesangstbruderschaft in Haltern durch Jesuiten unter Beteiligung des Stiftes Flaesheim (*Amtmann: Godfried Schaumburg*)
1691	Frau Pinkernell stiftet der Pfarrkirche Sankt Peter einen wertvollen vergoldeten Silberkelch
1692	27. April, Übereignung des Pinkernellschen Hauses an die Jesuiten, Einquartierung von Soldaten im Pinkernellschen Haus, Eintritt des 1674 in Recklinghausen geborenen Ludolph Schaumburg in den Orden der Jesuiten
1702	Tod von Maria Theresia Pinkernell, Beisetzung in Sankt Peter vor dem Kreuzaltar, Einquartierungen in der „Jesuiterei"
1706	Küster Johann Spiekermann bestätigt in einem notariell beglaubigten Schreiben die Beisetzung der Jungfrau Pinkernell in der Pfarr-Kirche,

Letzter Hexenprozess im Vest Recklinghausen, Anna Spiekermann wird enthauptet und verbrannt

1721 Der in Recklinghausen geborene und inzwischen als Lehrer in Paderborn und Münster tätige Jesuit Ludolph Schaumburg veröffentlicht den „Catechismus Polemicus"

1731 Beschwerde des Jesuitenpaters Gottfried Callenberg an den Kurfürsten und Erzbischof von Köln bezüglich Abgaben und Einquartierungen, heftige Auseinandersetzungen zwischen dem Jesuiten und der Stadtverwaltung

1739 Beschwerde des Jesuiten Bernhard Neuhaus an den Kurfürsten von Köln bezüglich Pfändungen seitens der Stadtverwaltung und der Einquartierung von Soldaten, Beschreibung des Zustandes des ehemaligen Pinkernellschen Hauses und Erwähnung der Freitagsandachten (*Xaverianische Andacht*)

1771 Stiftung der Witwe des Bürgermeisters Rensing zugunsten der Freitagsandachten

1773 Aufhebung des Jesuitenordens durch Papst Clemens XIV.

1797 Anordnung des Kurfürsten Maximilian Franz von Österreich (*1784 bis 1801 Kurfürst von Köln und Erzbischof von Münster*) die Recklinghäuser Jesuitenmission aufzulösen.

1800 Heinrich Moll, letzter in Recklinghausen ansässiger (Ex-) Jesuit, stirbt.

1801 Das ehemalige Pinkernellsche Haus wird am 2. März verkauft, der Ertrag wird wie von Maximilian Franz angeordnet für schulische Zwecke verwendet.

1814 Wiederzulassung des Jesuitenordens durch Papst Pius VII.

1822 Der Katasterplan zeigt das ehemalige Pinkernellsche Haus als „Jesuiterei", obwohl es seit 21 Jahren nicht mehr dem Orden gehört

1894 Erwähnung des Pinkernellschen Hauses / der „Jesuiterei" im Bericht von Theodor Esch als Besitzung eines Kaufmanns Werth

1909 Bezeichnung des Hauses Kampstraße 34 als „Jesuiterei" auf dem Katasterplan der Stadt Recklinghausen

1930 Das Haus ist noch auf dem Stadtplan vorhanden, aber ohne die Bezeichnung als „Jesuiterei"

1933 Umbenennung der Kampstraße (*Breite Straße bis Löhrhofstraße*) in Hermann-Bresser-Straße

1935 Letzte bekannte Erwähnung der Halterner Todesangstbruderschaft

1942 Das Haus an der Kampstraße /Hermann-Bresser-Straße wird durch einen nahen Bombeneinschlag stark beschädigt.

1949 Erwähnung des Pinkernellschen Hauses als „zerstörtes Noltesches Haus" in der Version der Sage von Eugen Vetter.

1951 Das Haus ist auf dem Stadtplan nicht mehr eingezeichnet.

Literaturhinweise

1000 Jahre Stadtgeschichte(n), Matthias Kordes, Georg Möllers, Jürgen Pohl (Hrsg.), im Auftrag der Stadt Recklinghausen und des Vereins für Orts- und Heimatkunde Recklinghausen e.V., Schützdruck, Recklinghausen 2017

Die Geschichte der Jesuiten, Rita Haub, Wissenschaftliche Buchgesellschaft, Primus Verlag, Darmstadt 2007

Die Jesuiten - Legende und Wahrheit der Gesellschaft Jesu, Manfred Barthel, Verlag Ullstein GmbH, Frankfurt/M, Berlin, Wien, September 1984

Recklinghäuser Straßennamen von A - Z, Heinrich Redemann, Verlag Rudolf Winkelmann, Recklinghausen 1997

Von der Hanse- zur modernen Einkaufsstadt, Band 1, Recklinghausen - eine Stadt der Hanse, Werner Koppe, Herausgegeben vom Verein für Orts- und Heimatkunde Recklinghausen e.V., Schützdruck GmbH, Recklinghausen 2012

Vestischer Kalender, Redaktion: Dr. Matthias Kordes, Bitter-Verlag und Schützdruck GmbH, Recklinghausen 2003 bis 2017

Der Dreissigjährige Krieg - Als Deutschland in Flammen stand, Christian Pantle, Propyläen-Verlag, Ullstein-Verlage GmbH, Berlin 2017

Der abenteuerliche Simplicissimus, Hans Jakob Christoffel von Grimmelshausen, Vollständige Ausgabe, Gesetzt nach den Erstdrucken des Simplicissimus Teutsch und der Continuatio von 1668 und 1669 in der Reihe Neudrucke deutscher Literaturwerke des XVI. und XVII. Jahrhunderts, Tübingen: Niemeyer 1954 und Halle/Saale: Niemeyer 1939, Anaconda Verlag GmbH, Köln 2017

Das Lexikon der untergegangenen Berufe, Rudi Palla, Eichborn GmbH & Co. KG, Frankfurt am Main 1994

Vestisches Lagerbuch von 1660, Veröffentlichungen der Historischen Kommission für Westfalen 29. Westfälische Lagerbücher 3, Werner Burghardt, Aschendorff-Verlag, Münster 1995

Emschersagen – Von der Mündung bis zur Quelle, herausgegeben von Dirk Sondermann, Verlag Henselowsky-Boschmann, Bottrop 2017

Die Welt im 17. Jahrhundert, Bernd Hausberger (hg.), Mandelbaum Verlag, Wien 2008

Historischer Weltatlas, F.W. Putzger, Jubiläumsausgabe, 91. Auflage, Velhagen & Klasing Kartografische Anstalt GmbH, Bielefeld, Berlin, Hannover, 1969

Mein Vestisch Land, Eugen Vetter, Recklinghausen, Mai 1949

Kreis- und Stadt- Handbücher des Westfälischen Heimatbundes, Band 7, Das Vest Recklinghausen von Adolf Dorider, Regensbergsche Verlagsbuchhandlung Münster, Dezember 1948

Geschichte der Stadt Recklinghausen und ihrer Umgebung, Zweiter Band, Kulturgeschichte am Ausgang des Mittelalters und zu Beginn der Neuzeit, Dr. phil. Heinrich Pennings, Verlag des Vestischen Archivs zu Recklinghausen, Buchdruckerei J. Bauer, Recklinghausen 1936
https://sammlungen.ulb.uni-muenster.de/hd/content/pageview/369964

Zeitschrift der Vereine für Orts- und Heimatskunde im Veste und Kreise Recklinghausen. Jahrgang 1894. Vierter Band. Westfälische Vereinsdruckerei vormals Coppenrathsche Buchdruckerei, Münster i.W.
https://sammlungen.ulb.uni-muenster.de/hd/periodical/pageview/1464454

Bibliotheca Monasteriensis sive notitia de scriptoribus Monasterio-Westphalis, Congessit Fridericus Mathias Driver J.U.D., Monasterii 1799. Apud Fridericum Theissing
https://sammlungen.ulb.uni-muenster.de/hd/content/pageview/1760036

Die Bau- und Kunstdenkmäler von Westfalen, Band 39: Landkreis Recklinghausen und Stadtkreise Recklinghausen, Bottrop, Buer, Gladbeck und Osterfeld, J. Körner, Prof. Dr. A. Weskamp, Aschendorffsche Verlagsbuchhandlung, Münster 1929

Vestische Zeitschrift, Dr. Matthias Kordes (Hrsg.), Bongers Druck, Recklinghausen 2004 - 2016

Geschichte der Jesuiten in den Ländern deutscher Zunge von Berhard Duhr S.J., *Dritter Band, Geschichte der Jesuiten in den Ländern deutscher Zunge in der zweiten Hälfte des XVII. Jahrhunderts,* München=Regensburg, Verlagsanstalt vorm. G. J. Manz, 1921
https://jesuitonlinelibrary.bc.edu/?a=d&d=duhrgeschichte-03.2.1.1

Allgemeine Encyklopädie der Wissenschaften und Künste in alphabetischer Folge von genannten Schriftstellern bearbeitet und herausgegeben von J. S. Ersch und J. G. Gruber. Mit Kupfern und Charten. Zweite Section, H—N. Herausgegeben von A. G. Hoffmann. Leipzig: F. A. Brockhaus. 1838
https://books.google.de/books?id=wgL-oqHHcj0C
(Jesuiten ab Seite 427)

Xaverianische Andacht, So Morgens und Abends Die zehen Freytäge hindurch / umb bestimbte Zeit gehalten wird In der Kirchen S. Laurentii zu Warendorf von den PP. Soc. JESU Missionariis, Cum Permissu Superiorum. Münster: Gedruckt bey der Wittib Nagel, Im Jahr 1749.
https://sammlungen.ulb.uni-muenster.de/hd/content/pageview/834908

Bruderschaft

der

Todangst

unsers am Kreuz sterbenden

Heilandes

Jesu Christi,

wie sie an den vornehmsten Orten des Fürstenthums Münster gehalten wird.

✝

JHS

Münster,

in der Aschendorffschen Buchhandlung

Die niederrheinische Provinz des Jesuitenordens
Jesuiten imVest Recklinghausen

[...] In dem seit den Truchseßischen Wirren sittlich und religiös tief gesunkenen Herzogtum Westfalen glaubte der Landesherr, der Kölner Kurfürst Max Heinrich, nicht besser Wandel schaffen zu können als durch Volksmissionen[3]. Er forderte deshalb von dem niederrheinischen Provinzial zwei Patres, die sich einzig dieser Aufgabe widmen sollten.[...]
Fußnote: [...] 3 *Catalogus personarum et rerum Missionis Arensbergensis - 1671. Rhen. inf. 54.
Bernhard Duhr S.J., Geschichte der Jesuiten in den Ländern deutscher Zunge, Dritter Band, Siebentes Kapitel, Volksmissionen, Seite 666

Charles de Noyelle (12. Jesuiten-General) richtete am 17. Februar 1685 die Bitte an den Pfalzgrafen, er möge gestatten, dass er (Noyelle) seinem Beichtvater **Heinrich Weisweiler** die Leitung der niederrheinischen Provinz übertrage.
Die Antwort muss dem Wunsche des Generals nicht entsprochen haben, denn die Ernennung Weisweilers zum Provinzial erfolgte erst am 12.(17.) März 1690. P. Heinrich Weisweiler aus Jülich (geb. 1635, eingetr. 1654), war Oberer in Köln und Düsseldorf, wo er naturgemäß in vielfache Berührung mit dem Hofe kam. Längere Zeit versah er das Beichtvateramt bei Johann Wilhelm und dessen Bruder Ludwig Anton; er setzte aber alles in Bewegung, von diesen Ämtern befreit zu werden. Nachdem er noch ein zweites

Mal die ganze Provinz geleitet (1697 -1700), starb er am 24. September 1714 zu Köln. [...]

Bernhard Duhr S.J., Geschichte der Jesuiten in den Ländern deutscher Zunge, 3. Band, 12. Kapitel, An den Höfen, Seite 872

[...] Zu dem Kolleg von Koesfeld gehörten die Missionsstationen in Haltern, Recklinghausen, Horstmar und Werne. Bis 1702 waren in Haltern 2 Patres, von denen einer die Mission in Recklinghausen besorgte. Jetzt wurden sie getrennt und ein zweiter Pater für Haltern von dem Kanonikus Lüdgens und dem Bischof von Münster, Friedrich von Plattenberg, gestiftet. Die eine halbe Stunde von Haltern entfernte Wallfahrtskapelle auf dem St. Annenberge gab durch ihren zahlreichen Besuch viele Arbeit. Im Jahre 1701 zählte man dort 19000 Kommunionen. [...] Der Missionar, der seit 1702 in Recklinghausen ein eigenes Haus bewohnte, hatte seit den dreißiger Jahren viele Anstände von Seiten der Stadt wegen der Abgabenfreiheit, mehrmals wurde er sogar gepfändet und musste seine Zuflucht zum Kölner Kurfürsten nehmen, der dann zu seinen Gunsten entschied.[2]

Fußnote: [2]Heinr. Wiesman, Die „Jesuiterei" in Recklinghausen 1692 -1800 in Pennings Alt-Recklinghausen, 1. Okt. 1923, 74 ff. [...]

Bernhard Duhr S.J., Geschichte der Jesuiten in den Ländern deutscher Zunge, Vierter Band, Erster Teil, Die niederrheinische Provinz, Koesfeld, Seite 90

Jesuiten auf dem Annaberg

Aus dem „Kleinen Kunstführer Nr. 1340 - Wallfahrtskirche Annaberg" des Verlages Schnell & Steiner, 1982

[...] Im Zuge der Gegenreformation waren die ersten Jesuiten unter dem Fürstbischof Ernst von Bayern (1585 -1612) auf Betreiben des Domdechanten Gottfried von Raesfeld ins Bistum Münster gekommen. Wie oben berichtet, war der münsterische Bischof Christoph Bernh. v. Galen mit einem Jesuiten am Annaberg vorbeigereist* und hatte den Orden danach mit der Seelsorge daselbst betraut. So kam während der Amtszeit des Pfarrers Nottebohm der erste Jesuit 1689 auf den Annaberg. Der spätere Halterner Pfarrer Antonius Thewes (1739 - 1781) berichtet darüber: „Unter diesem sicherlich nicht sehr vorsichtigen Manne** geriet im Jahre 1697 zur Zeit des münsterischen Bischofs Friedrich von Plettenburg (1688 - 1706) der Annaberg in die Hände der Jesuiten."
Der Andrang der Pilger zum Annaberg nahm immer mehr zu. 1701 zählte man in der Kapelle 19000 Kommunionen und um 1730 waren oft zehn bis zwölf Beichtväter von 3 Uhr morgens bis gegen Mittag und von 4 Uhr nachmittags bis in die Nacht hinein tätig. - Im Jahre 1714 wurde den Jesuiten die Seelsorge auf dem Annaberg ganz übertragen. 1717 stiftete der Halterner Bürger Dr. A. Strickling die „Missio Mariana", auch Jesuitenmission genannt. Mit der Zeit schienen die Jesuiten sehr vermögend geworden zu sein, wobei ihr gutes Verhältnis zum umliegenden Adel viel dazu

---

* von Galen war am 15.06.1665 mit einem Jesuiten aus Coesfeld unterwegs zum Haus Ostendorf
** gemeint ist Pfarrer Nottebohm, zu dessen Amtszeit von Galen die Geschäfte auf dem Annaberg in die Hand der Jesuiten gelegt hat.

beigetragen haben mag. Am 21. Juli 1773 wurde der Jesuitenorden durch das Breve „Dominus ac Redemptor noster" durch Papst Clemens XIV. aufgehoben. Danach übernahm im Jahre 1788 der Pastor von Haltern wieder die volle Gewalt und Verantwortung in der Seelsorge auf dem Annaberg, bei dem sie bis auf den heutigen Tag geblieben ist. 1790 starb der letzte Missionarius aus dem Jesuitenorden in Haltern. [...]

Für den Kontakt der Pinkernell zu den Jesuiten ist diese Geschichte nicht unerheblich. Denn mit der Übernahme des Annabergs durch die Coesfelder Jesuiten traten die Mitglieder dieses Ordens auch im Vest Recklinghausen stärker auf. Mit Sicherheit wurden von hier aus auch Volksmissionen durchgeführt. Und mit Sicherheit hat auch Frau Pinkernell als fromme Katholikin die eine oder andere Wallfahrt zum Annaberg gemacht und den engeren Kontakt zu den dort ansässigen Brüdern gepflegt - oder jene mit ihr.

Ein starke Frau in einer schwierigen Zeit

Schon als Kind hatte ich instinktiv die Ahnung, dass in der Erzählung irgendetwas nicht zusammen passt. Als ich dann rund fünfzig Jahre nach meinem ersten Kontakt mit der Volkssage um das Gespenst einer angeblich betrügerischen Kauffrau den Entschluss fasste, die Sage neu zu erzählen, wusste ich noch nicht, wohin mich mein Vorhaben führen sollte. Aus einer einfachen, kurzen Internet-Recherche zum Thema „Volkssage" entwickelte sich ein historisches *Data Mining*. So nennt man im digitalen Fachjargon das Aufspüren und Zusammenführen vieler verstreuter und teilweise scheinbar unzusammenhängender Informationen zu einem Gesamtbild.

Zur Jungfrau Pinkernell selbst gab es außer den unterschiedlichen Versionen der Sage nur spärliche verlässliche Informationen, so dass ich versuchen musste, ihr Leben aus dem historischen Umfeld zu rekonstruieren. Zwei der wichtigsten Informationen waren zum einen die Erwähnung, sie habe ihr gesamtes Vermögen den Jesuiten vermacht, und zum anderen, sie sei in Sankt Peter beerdigt worden. Von hier aus spann ich ein historisches Umgebungsbild um die offensichtlich recht zwiespältig wahrgenommene Frau, das jedoch immer mehr Fragen aufwarf als es Antworten gab. Mit jeder Antwort, die ich erhielt, taten sich mindestens drei neue Fragen auf. Und auch jetzt, da ich mich entschlossen habe, dieses Buch nach der dritten Auflage endgültig zu beschließen, sind noch eine Vielzahl von Fragen nicht beantwortet.

Feststellen lässt sich anhand der netzartigen Querverbindungen allerdings, dass sie sich offensichtlich enorm für die sozialen Belange der Stadt eingesetzt haben muss. Denn Betrüger werden äußerst selten mitten in der zentralen Kirche einer Stadt beerdigt. Das macht man nur mit Menschen, die sich ganz besonders positiv hervorgetan und einen großen Beitrag zum Wohlergehen ihrer Mitmenschen geleistet haben. Nun gut, manchmal ist das auch einem entsprechenden politischen Einfluss zu verdanken. Allerdings muss man sich auch den erst einmal erarbeiten. Und auch dann macht man so etwas nur, wenn der- oder diejenige eine absolute Sonderstellung in der Gesellschaft eingenommen hat.

Aus diesen Anhaltspunkten könnte man ableiten, dass Frau Pinkernell eine starke und engagierte Persönlichkeit gewesen ist, die es verstanden hat, in einer Zeit, in der man vor allem als Frau schnell in den Verruf der Hexerei geriet, nicht nur wirtschaftlich, sondern auch gesellschaftlich und religiös-politisch erfolgreich zu sein. Ob ihr gesellschaftliches und religiöses Engagement nur ein Schutz vor der Verfolgung als Hexe war, können wir natürlich heute nicht mehr nachvollziehen. Deutlich wird immerhin aber, dass sie sich wohl in einer äußerst geschickten und zeitgemäßen Weise unangreifbar gemacht hat.

Trotz ihrer, wie berichtet wird, attraktiven äußeren Erscheinung hat sie sich nie an einen Mann gebunden. Oft war ja die üble Nachrede der Nachbarin, der die Aussicht auf eine gute Partie wegen der Nebenbuhlerin durch die Lappen gegangen war, der initiale Auslöser für eine Anklage als

Hexe. Neid, Missgunst und Habgier waren und sind immer noch die Auslöser für die meisten menschlichen Konflikte und Tragödien. Aber zumindest diesen Grund hat Frau Pinkernell ihren Nachbarinnen nie gegeben. Ihr offensichtlich stark religiös gefärbtes, zölibatäres Leben hat sie an dieser Stelle aus der Schusslinie genommen.

Durch ihre Nähe zu den Jesuiten, die Kontakte zu den mächtigsten Männern jener Zeit hatten, hat sie über ihre familiäre Verflechtung mit der Führungselite der Stadt hinaus sicher auch im religiösen Umfeld einige positive Verbindungen für sich knüpfen können.

Aber wahrscheinlich hat gerade diese Nähe zu den Jesuiten schließlich zu jener posthumen volkstümlichen Verleumdungskampagne geführt, die schließlich als Volkssage die Jahrhunderte überdauert hat. Die globalen und damit auch die lokalen politischen Machtverhältnisse verschoben sich nach ihrem Tod und die Jesuiten wurden siebzig Jahre später verboten. Damit geriet möglicherweise auch die Pinkernell, die diesem nun in der ganzen Welt diskreditierten Orden äußerst nahe gestanden hatte, in jenen Kreisen, die den Jesuiten sowieso schon kritisch gegenüberstanden, in den Status einer „persona non grata", einer unerwünschten Person.

Dass Frau Pinkernell tatsächlich in Sankt Peter beerdigt wurde, hat Küster Spiekermann 1706 in einer notariell beglaubigten Urkunde bestätigt. Diese Angabe sollte also demnach als gesichert gelten. Warum diese Urkunde erstellt wurde? Das müsste man erforschen. Und wo die Gebeine der Frau geblieben sind? Das wäre eine Aufgabe für einen Detektiv.

Doch schon nach dem recht überschaubaren *Data Mining* für dieses Buch zeigte sich ein völlig anderes Bild der Frau Pinkernell als jenes, das die Sage vermitteln will.

Ich denke, langsam aber sicher ist es an der Zeit, den angeblich bösen Geist zu rehabilitieren und die „weiße Jungfrau" als diejenige zu präsentieren, die sie zu Lebzeiten wahrscheinlich wohl eher gewesen ist. Nämlich eine kluge und starke Frau, die in einer schwierigen Zeit eine erfolgreiche Karriere als Kauffrau gehabt hat; hoch angesehen, einflussreich und offensichtlich außergewöhnlich fromm. Allerdings war sie wohl auch wegen ihres Erfolges mit Neid und Missgunst von jenen bedacht, die es nicht verstanden haben, sich in eine ähnliche Position zu bringen oder denen dieser Weg aufgrund gesellschaftlicher Verhältnisse verwehrt war; und posthum wurde sie offensichtlich von jenen verleumdet, die nichts von ihrem Reichtum geerbt haben und darüber erzürnt waren.

Meine beiden für dieses Buch *erfundenen* Geschichten zeichnen kein realistisches Geschichtsbild der Frau Pinkernell und ihrer Lebensspanne. Sie führen uns lediglich ein etwas anderes Bild dieser erfolgreichen Frau vor Augen als die unterschiedlichen Versionen der ursprünglichen Sage und sind im Rahmen der literarischen Freiheit als *Fiktion* zu werten.

Dennoch können sie uns dabei helfen der üblen Nachrede, die vor rund 300 Jahren in die Welt gesetzt wurde, etwas intensiver auf den Grund zu gehen. In der dritten Auflage dieses Buches ist es deshalb auch notwendig geworden, die Ergebnisse meiner Nachforschungen weiter auszubreiten. In solch einem begrenzten Rahmen kann man ein so umfangreiches Thema selbstverständlich nicht erschöpfend behandeln. Deshalb habe ich mich mit meinem Freund und Heimatforscher Alfred Stemmler auch darangemacht, mehr Licht ins Dunkel der Vergangenheit dieser Frau zu bringen. In unserem Buch *Die Tochter des Hexenjägers - Recklinghausen, die Pinkernell und die Jesuiten - Spurensuche in der Frühen Neuzeit* beleuchten wir auf 328 Seiten sowohl die zeitlichen Rahmenbedingungen als auch die familiären Verhältnisse von Frau Pinkernell und anderen Protagonisten des 17. und 18. Jahrhunderts etwas näher.

Aber vielleicht habe ich ja schon mit dem hier gezeigten ersten Ansatz meiner historischen Detektivarbeit, in die ich sozusagen ungewollt hineingerutscht bin, einen kleinen Anstoß gegeben, eine starke Frau der Recklinghäuser Geschichte neu zu entdecken.

Olaf Manke
im Januar 2022

Viele offene Fragen

- Gab es unter Mitwirkung der Familie Schaumburg bereits vor 1692 jesuitische Aktivitäten in der Stadt?
- Was haben die Pinkernells verkauft?
- Wo hatten sie ihre Waren her?
- Wenn sie Tuche verkauft haben: Waren sie Hersteller oder Verleger? Oder waren sie sogar beides?
- War die Familie Mitglied der Kalandsbruderschaft?
- Hatten die Pinkernells durch ihre Frömmigkeit auch Kontakt zu den Franziskanern und anderen Ordensleuten?
- Wann genau ist die Mutter der Pinkernell verstorben?
- Hatte die Jungfrau Pinkernell Kenntnis von der Lebensweise frommer Frauengemeinschaften?
- Woher kannte sie den Namen des Provinzials der Jesuiten?
- Hatte sie über den Kontakt zu den Jesuiten eventuell sogar Kontakt in wesentlich höhere religiöse und politische Kreise?
- Hat sie Wallfahrten zum Annaberg unternommen?
- Aus welchem Grund wurde eine notariell beglaubigte Urkunde benötigt, um die tatsächliche letzte Ruhestätte der Jungfrau zu bestimmen?
- Wo sind die Gebeine der Jungfer Pinkernell abgeblieben?
- Wieso wird in der Sage von einem „frommen Mönch" berichtet, der den bösen Geist zur so genannten *Jungfernheide* verbannt haben soll? Ist das eine Anspielung darauf, dass die ortsansässigen Ordensgemeinschaften nicht als hinreichend fromm wahrgenommen wurden?

- Warum wurde der Geist der Jungfrau Pinkernell ausgerechnet in den Emscherbruch verbannt?
- Warum gibt es kaum direkte Aufzeichnungen zu der doch offensichtlich recht bemerkenswerten Frau?
- War der Recklinghäuser Ludolph Schaumburg wirklich der erste Jesuit in der Jesuiterei?
- Hat Ludolph Schaumburg eventuell bis zur Veröffentlichung seines *Catechismus Polemicus* in der Jesuiterei gewohnt?
- Wie sahen die Besitzverhältnisse um das Pinkernellsche Haus nach dem Zwangsverkauf bis in die Neuzeit hinein genauer aus?
- Wer hat die Ländereien, die ursprünglich Frau Pinkernell gehörten, später gekauft und was ist heute auf diesen Grundstücken zu finden?
- Wann wurde das Haus der Pinkernell endgültig abgebrochen?

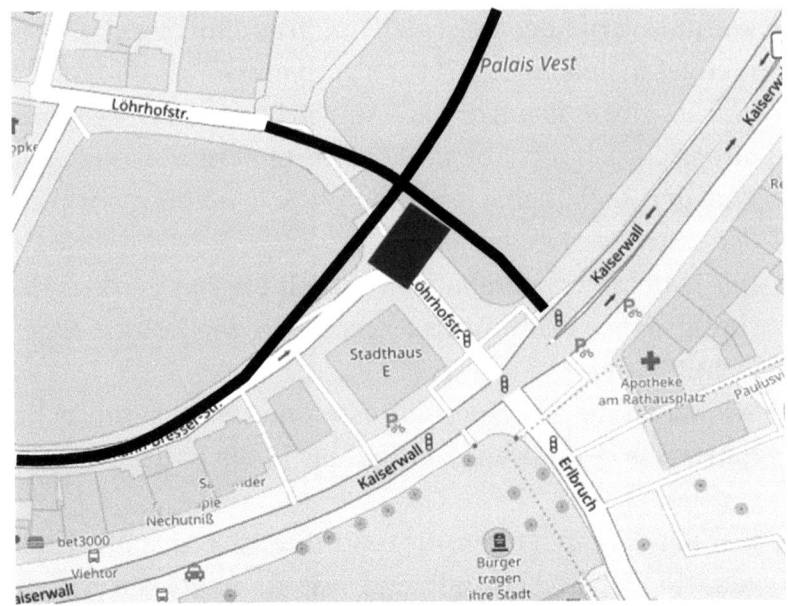

Ausschnitt aus einer Online-Karte von Recklinghausen aus dem Jahr 2019 mit nachträglich eingezeichneter Jesuiterei und dem ursprünglichen Straßenverlauf (nach dem Katasterplan der Stadt Recklinghausen aus dem Jahr 1909. Vergleiche Seite 10). Ungefähr dort, wo zur Zeit des Erscheinens dieser Schrift der Eingang zum Einkaufszentrum *Palais Vest* ist, stand das Haus der Jungfer Prinkernell.

Der Straßenverlauf der Löhrhofstraße, die heute durch die Shopping Mall unterbrochen ist, war 1909 noch geringfügig anders und führte nicht direkt am heutigen Stadthaus E vorbei, sondern lag einige Meter weiter nordöstlich des aktuellen Verlaufs. Die Löhrhofstraße führte an der Vorderseite des Prinkernellschen Hauses vorbei.

Auch die heutige Hermann-Bresser-Straße hat im Lauf der Geschichte ihren Verlauf etwas geändert. 1909 führte sie an der Nordwestseite des Hauses (Noltesches Haus/ Jesuiterei) vorbei. Bis zum 10.07.1933 hieß dieser Teil noch Kampstraße.

Der nordöstliche Teil der ehemaligen Kampstraße bis zur Schaumburgstraße ist heute komplett mit dem Einkaufszentrum überbaut. Im Jahr 1960 hatte man diesen Teil in „Löhrhof" umbenannt.

Die Geokoordinaten des Prinkernellschen Hauses/der Jesuiterei sind 51°36'45.8"N, 7°11'59.6"E

Kartenquelle: www.openstreetmap.de

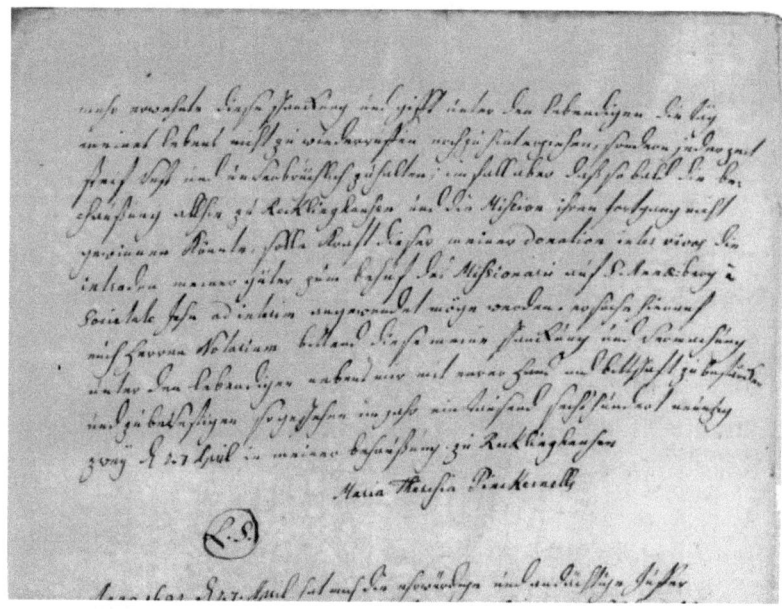

Seite 2 der Pinkernellschen Stiftungsurkunde.

Abschrift von 1774, angefertigt von Pater Heinrich Moll, der im Jahr davor vom Provinzial des Ordens möglicherweise zur Abwicklung der Missionsstation nach Recklinghausen versetzt worden war.

Hier ist, wie auch in anderen Schriftstücken der Zeit, zu erkennen, dass mit Pinckernell – ohne „r", aber mit „ck" – unterzeichnet wurde. Die später überlieferte Schreibweise mit dem eingeschobenen „r" ist wohl auf einen Transskriptionsfehler zurückzuführen.

Das Original ist im Bistumsarchiv Münster einzusehen.

Weitere Publikationen

Die Tochter des Hexenjägers
Recklinghausen, die Pinkernell und die Jesuiten
Spurensuche in der Frühen Neuzeit

Eine umfang- und detailreiche geschichtliche Aufarbeitung der regionalen Entwicklung im 17. und 18. Jahrhundert mit der realen, einflussreichen und wohlhabenden Kauffrau Pinkernell als zentralem Ausgangspunkt.
Gemeinschaftsarbeit mit Alfred Stemmler.
Books on Demand, Norderstedt

Die Reihe Archivbilder - Recklinghausen

Bildband mit historischen Abbildungen aus Recklinghausen zwischen 1870 und 1970. Eine Erinnerungsreise in die Vergangenheit.
Sutton Verlag, Erfurt

Arbeit und Leben in Recklinghausen

Der zweite Bildband mit historischen Fotografien aus Recklinghausen. Diesmal mit dem Schwerpunkt auf der Arbeits- und Lebenswelt in der Stadt zwischen Ruhrgebiet und Münsterland.
Gemeinschaftspublikation mit Jürgen Wagner.
Sutton Verlag, Erfurt